統一への道にたたずんで

ある朝鮮人社会主義者の回想

高性華【コ・ソンファ】著
李宗樹【リー・ジョンス】訳

同時代社

目次

第三章 職業革命家の道

第四章　激動の歳月……117

第五章　信念を貫く……161

凡例

1　本書は韓国で二〇〇五年七月に株式会社창미디어（チャンメディア）から出版された高性華（コソンファ）氏の回想記「통일의 한 길에서」を翻訳したものです。

2　訳者による訳注は、本文中の〔　〕内に記しました。本文（　）内の記述は原文にあるものです。

3　地名・人名などの固有名詞は可能な限り漢字表記にし、ハングル音のルビを付しました。

第一章　植民地の子

幼い日の記憶

私は済州島（チェジュド）の東北側に位置した島、牛島（ウド）で生まれた。牛島は南北が約三・五キロ、東西が二・五キロの火山島で、周囲が一七キロ以上にもなる、済州島に属する島の中では最も大きい島である。城山（ソンサン）の日出峰（イルチュルボン）から北東側に約三・八キロ離れている。

牛島はその形が「寝転がった牛」に似ているからと、その名前がついた。ここに人々が定着して暮らしはじめたのは朝鮮朝の憲宗（ホンジョン）八年（一八四二年）頃で、これ以前には主に国馬場〔訳注：朝廷で使用する馬の牧場〕として使われた。

私は一九一六年九月一七日に生まれた。三・一運動勃発のわずか三年前で、日帝〔訳注：大日本帝国〕の収奪により民衆たちは言葉では言い尽くせないほどの苦しい生活を強いられた時期だった。生まれて八ヶ月で父を失くした。そういうわけで父の顔も知らない。母が父についてしてくれた話はこうだった。

その当時、父は牛島では有力者の中の一人だった。父は島の人々に分け与える穀食を城山浦（ソンサンポ）から積んでくる途中だった。ところが穀食を運ぶ船が古く船底から浸水しはじめたため、裸足になって一人で海水を汲み出した。船窓に水が達する頃にはすでに回復不能な状態にまで父の体は冷えきっており、二番目の姉の名前を呼ぶや、そのまま息絶えてしまった。

祖母は私が四歳になるまで隣の家で暮らした。村の人たちは若くして寡婦になった祖母を「高寡守（コカス）〔訳注：高潔に独り身を通した〕ばあさん」と呼んでいた。祖母には四人の娘がいたが、かなり裕福な暮らしをしていたようだ。私の母に、夫のいない不憫な子だと言って牛島で甲地〔訳注：一等地〕に当たる畑、一五〇〇坪を譲った。

母は父の二番目の妻で、先妻が男女二人の子供を産んだ後に亡くなったため、父がその子供たちをしっかり育てられるようにと母と再婚したのだった。母も息子と娘を一人ずつ産んだので、都合四人兄弟になったわけだ。私はそのうちの末っ子になる。一番上の姉は私より一八歳年上で、兄も一一歳上だ。母が産んだ二番目の姉とも六つ離れている。

その他に記憶に残っている親戚としては、朝天里（チョチョンリ）〔訳注：里は行政単位の一つで日本の村にあたる〕に住んでいた母方の二番目の叔父と二番目の姉の夫である金太権（キムテグォン）がいる。この二番目の叔父の名前は金時殷。一九一九年、朝天里で三・一独立万歳デモ〔訳注：三・一独立運動〕を扇動した容疑で検挙され、実刑を受けた。現在は独立遺功者として国家から報奨金を受けている。二番目の姉の夫である金太権は一九二八年に日本の大阪へ渡り、「反帝同盟」の幹部として活動した。彼も日帝に検挙され、二年六ヶ月の受刑生活を送った。彼は釈放後に済州島へ戻ったが、間もなく肺病で世を去ってしまった。

私は五歳のときに千字文〔訳注：初歩漢字の教科書〕を習いに漢文書堂〔訳注：漢字や儒教を習う寺子屋〕に入った。そして八歳になってからは、新学問を習う永明義塾という学校に入学した。この時期は三・一運動の余波で新学問に対する関心が高まっていた啓蒙期で、年のいった連中もこぞって入学した。結婚して、子供がいて、タバコをふかして、といった人たちと共に学校へ通った。

私たちが勉強していた学校は、学校とはいっても村で牛をつぶすために造った屠殺場の室内を改造しただけの瓦屋根の建物だったし、先生はといえば、笠をかぶり、道服〔訳注：主に儒者が着る服〕を着てソウルに行き、新学問を勉強して来られた申才弘だった。

申先生は牛島のために献身的に仕事をされた一方で、多くの後輩たちを輩出された。後日、先生は済州島の啓蒙運動の第一線で「ヤチェイカ（原注：ロシア語で「細胞」という意味）〔訳注：一九二八年四月に東京で組織された朝鮮共産党日本総局〕」の一員として革命の種を撒いた先覚者だった。先生は明け方の四時に全校生を集合させ、島を一周する運動をさせたりもした。
その頃の永明義塾の大教室では、一、二、三、四学年が一緒に授業をしたが、それがゆえに不便なことも多かった。当時、牛島でもっとも急ぐべきことは学校の建物を新しく建てなおすことだった。ほどなくして、学校は学父兄に学びの重要性を認識させ、校舎を建てるための基金の募金を計画した。私たちは学芸会を開くことにした。学芸会はひと幕劇と演説、それに才談〔訳注：ユーモアと風刺にとんだ漫談〕からなっていたが、申才弘先生が一人、寝るのも惜しんで、ひと幕劇、演説、才談の台本すべてを作成した。

準備が整った後、いよいよ学芸会が開かれた。舞台は石炭を入れるのに使う木箱を並べて、その上に筵(むしろ)を敷いた粗末なものだったが、学芸会は大成功をおさめた。ひと幕劇も評判がよかったし、演説にいたっては大きな反響を呼んだ。演説の中で「知は力なり」という言葉が出たときには、学父兄が惜しみない拍手を送ったことが思い起こされる。才談もまた機知にとんでいて、学芸会場は笑いの渦に包まれた。このようにしっかりと準備した学芸会の成果により、ついに一九二五年、牛島に新式の学校が建てられた。

この時期、牛島では相当な向学ブームが起こっていた。牛島で勉学の道に進んだ学生をとってみても、済州農高速成科に三名、三年制に八名、釜山(プサン)第二商業学校に二名、その他に釜山地域学校に一名、間島(カンド)の大成(テソン)中学と東興(トンフン)中学にそれぞれ一名ずつ、ソウルの高麗(コリョ)専門法科〔訳

注：現・高麗（コリョ）大学〕に二名といった具合に、全部で一六名にも上った。そのなかで間島（カンド）〔訳注：現在の中国吉林省延辺〕の大成中学校に通われたキム・ジュナン先生のことは、今でもはっきりと記憶している。先生は一九二三年頃に間島に行き、私が普通学校〔訳注：中学校〕四年のときに上海を経て帰郷した。病を患っているのか、顔色は悪く蒼白だった。大成中学三年のときに中国共産党に入党し、戦闘のさなか肺をひどく痛めた。家に戻ってからは、先生の父親が良いという薬はすべて手に入れ飲ませたが、これといった効果が無かった。

先生は病状が悪化するとご自身の臨終が近いのを悟られたのか、五、六学年の生徒を呼び集め、三日にわたって中国で戦かったときの事を聞かせてくださった。先生が私たちに残された最後の言葉は、「正義のためには命を惜しむな。それが貫徹されるまで戦え」というものだったし、「変節は軟弱な者が歩む卑怯者の道であり、正義はどこまでも信義が伴うものでなければならない」と話された。そして、

「自分は体を壊し、不本意ながら正義の道から落後してしまった。それが心苦しい。皆さんは自分のようになってはいけない」

と警告もされた。

麦飯に醤油

幼い日々のことを思うと、当時の牛島での生活を今もありありと想い描くことができる。牛島の住民たちの生活は、貧困のせいでかなり大変だった。これは単に牛島に限ったことではなくて、当時の済州島民たちの多くが同じ環境だったといえるだろう。

私たちが履いている靴は藁くずで作ったものだったが、それさえも夏は履けず裸足で歩き回った。学校から戻って来て食べる昼ご飯は、麦だけで炊いた飯に醤油がすべてだった。朝、母が畑仕事に出かけるときには、お櫃に麦飯を入れて置いてくれていた。そのお櫃にはハエが真っ黒にたかり、追い払ってもすぐにまたぶんぶんと飛び集まった。それでもハエを追い払いながら、やっとのことお椀に盛った飯に、甕から醤油をすくい、これを水で薄めたものが私たちの食事だった。村でもまだましなほうだった我が家ですらこういう有様だったから、よその家では何をかいわんやである。

よく済州島を三多三無の故郷などと呼ぶが、その意味は風が多く、石が多く、女が多く、また泥棒がいず、乞食がいず、家には門がないというものだ。かりに三多はそうだとしても、三無に関しては、当時の済州島民がどれだけ貧しいかを文字通り表している言葉だといえる。泥棒が入っても盗んでいく物がないので、これが一無。またみなが貧しいため、物乞いをしようにもさせてくれる人がいないので、これが二無。朽ちかけていくあばら家に立派な門が必要なはずもなく、これが三無。

一九一九年、三・一民族解放運動が起きる頃の済州島民たちの生活はどうだっただろうか？済州島は火山島なため土地が痩せていて、農地といっても高山里(コサンリ)と江汀里(カンジョンリ)に猫の額ほどの耕作地があるだけだった。生産される雑穀といっても、麦、きび、粟(あわ)、さつまいもくらいで、その他には、各家の裏庭で植えた菜っ葉やにんにく、あるいは耕作地の端っこに植えた胡麻やとうもろこしが全部だった。これらの農作物は、せいぜい農閑期に家族たちの空腹をあやしてくれる間食程度に過ぎなかった。こういう環境の下、子供たちの学費や税金などはすべて海で採れる海産物で賄われた。

海産物の中でも、それなりに稼ぎになるのはサザエとアワビだった。日帝の時代、城山浦(ソンサンポ)と翰林(ハルリム)にはサザエの缶詰工場があり、サザエは採っただけ売ることができたので、貧しい暮らしには少なからず助けになった。さらに城山浦には日本人が経営するサザエの缶詰工場と朝鮮人が経営するサザエの缶詰工場が、互いに競合するかたちで運営されていたから、生産者にとってはこれもまたかなり都合がよかった。アワビはその大部分が日本に輸出され、済州島民の生計の大きな支えになった。

他地方の人たちはよく、済州島の男たちは働かず、女たちの労働に支えられて暮らしていると言う。済州島の女性たちが生活する姿を垣間見る限りでは、まったく根拠がない言葉だともいえまい。むろん全体的に見れば皆がそうではないのだが、いずれにせよ、ぶらぶらしている男が多かったのも事実だ。済州島では、全家族の生命線は女性たちの肩に負わされていたといっても過言ではない。

海岸の村に暮らす済州島の女性たちは一五歳くらいになるとみな立派な海女になる。彼女たちは海が引き潮どきになるまで畑の畝の間に生えた雑草を取り、引き潮になると畑仕事をやめて海辺の作業場に出かけ、海にもぐる。これだけではない。女性たちは畑仕事と海にもぐることのほかに家の用事をし、子供を見る。女性ひとりにつき三人分、四人分の仕事をしなければならないのだ。

海で採れる産物の中にはサザエ、アワビのような採取禁止期間が定められていないものもあったが、大部分は採取禁止期間が設けられていて、むやみに採ることはできなかった。海草のなかでテングサのようなものは一年に一度ずつ寒天業者（おもに日本人）たちが入札し持って行くのだが、このときばかりは済州島の人たちもまとまった金を握ることができた。しかし経済的には苦しかったため、その時期まで待てずに闇商人に売ることも多かった。それが闇取引を監視する組合員に見つかりでもしたら、品物を押収されるのはもとより、罰金まで払わなければならなかった。

厳しい自然環境と日帝の収奪で口を糊するのもままならない海女たちは、寒い日や風の吹く日にも海の荒波に苛(さいな)まれるしかなかった。それでも足りずに、冬が終わる頃には慣れ親しんだ故郷や両親、兄弟を後にして、海を渡り、巨済島(コジェド)、蔚山(ウルサン)、果ては日本の対馬やロシアのウラジオストックにまで出稼ぎに行かなければならなかった。彼女たちはブローカーが募集した四・六制〔訳注：海女の取り分が四、ブローカーの取り分が六の意〕で契約した肉体労働に従事した海女たちだが、このような制度ができたのは一九二〇年代からではないだろうか。このように、日々苦しい日常を強いられるのが当時の済州島の海女たちの生活であり歴史だった。日帝は漁業組合というものを作ったが、海産物を販売・斡旋するという口実と、海は国家のものであるという名目で海女たちをよりいっそう搾取した。このような日帝の横暴は結局一九三二年の初め、舊左面(クジャミョン)一帯で海女抗争の炎が激しく燃え上がる原因にもなった。

啓蒙運動が始まる

三・一運動はわが民族に途方もないほど多大な民族的覚醒の契機になった。一九一七年一〇月一〇日、ロシア民衆たちが封建的政権を打破し、社会主義革命を成功へと導いた直後、植民地朝鮮には新しい思想である共産主義理念の波がどっと押し寄せてきた。済州島でも一九二〇年代初頭以後、共産主義思想が民族解放運動の新しい理念的柱として受け入れられ、一九二五年に「新人会」が結成された。新人会は済州島の各階層（青年、学生、農民、漁民、労働者など）の社会運動を主導し、直接、間接的に関与しながら民族解放の花を開かせた。

この時期、済州島の多くの革命家のなかで特に際立った人が三人いた。一人目は金明植(キムミョンシク)、その次に金文準(キムムンジュン)、三人目が姜昌輔(カンチャンボ)だった。金明植先生は一九二〇年の朝鮮共産党事件に連座し、片足を失くしたうえ聴力まで失うほどの酷い拷問を受け、廃人同然になった。金文準先生は主に大阪で労働運動に献身した人で、現在の大阪で「日帝時代に日本の労働運動に献身した人の名簿」のなかに名前が記録されている。姜昌輔先生は一九三二年、済州島海女抗争事件の背後責任者として日帝に検挙されたが、同志の手助けで脱獄し、後に日本に渡り活動した。一九四三年に興南(フンナム)肥料工場と城津(ソンジン)高周波工場の工作任務を担当したが、準備途中で発覚した。先生は七年の刑を宣告され大田(テジョン)刑務所で収監生活を送ったが、一九四五年一月三日に獄死した。

姜昌輔先生は一九三〇年に済州島に抗日組織である「ヤチェイカ」を結成した。ヤチェイカは当面の課題として「同志を糾合すること」と「文盲根絶運動」を掲げ、活動を行った。

当時、ヤチェイカは総責任者である姜昌輔先生をはじめとして、済州邑(チェジュウプ)〔訳注：邑は行政単位の一つで里よりも小さい集落単位〕、朝天里(チョチョンリ)、大静里(テジョンリ)、細花里(セファリ)、下道里(ハドリ)、終達里(チョンダルリ)、城山里(ソンサンリ)、新山里(シンサンリ)、西帰里(ソギリ)などで、数十名の組織員たちが組織の拡大と強化のために努力していた。そのなかで特に私の記憶に残っている人がいる。尹錫沅先生だ。尹錫沅先生はだれもが理解できるような易しい言葉で教えられた。ユーモアもたっぷりだった。ある日、先生が牛島へ来られたときのことだが、全校生が集まった講堂で「エヨン」という童話を話されたことがあった。その内容はというと、ある村に貧しい母とその娘のエヨンが暮らしていた。母とエヨンは生計のために農家の日雇い仕事をもらって働いたが、その日の食事さえままならないほど貧しかった。いつの間にか冬になると日雇いの仕事もなくなり、ついに食事を欠かすほどになった。そしてある大雪が降った日、母は栄養失調で動けなくなってしまった。エヨンは病んだ母を助けようと雪道を駆け、隣村の医者に母の病状を告げると、薬がほしいと訴えた。けれど冷たく断られ、薬ももらえないまま戻らざるをえなかった。

家に帰る途中、以前にもまして雪が激しく降ってきた。満足な食事も口にしていないエヨンは力尽き、そのまま倒れてしまった。身にまとったぼろ布のような服を通して、全身に寒気が回った。幼いエヨンの体は少しずつ凍っていった。エヨンは畑の畦に倒れたまま、病んで寝ている母の名前を焦がれるように呼ぶと、そのまま息絶えてしまった。

この物語を聞いて目頭を熱くしない学生は一人もいなかった。先生の話し方もうまかったが、自分たちの身の上がエヨンのそれとまったく変わることがなかったからだ。

話し終えた先生は、世の中には二つの階層があり人々はそのどちらかに属しているが、それは何か？　と聞かれた。辺りを見回してみると、手を上げる者は誰もいなかった。私はためらいながらも勇気を出して手を上げた。

「はい、金持ちと貧乏人です」

先生は私に近づくと、いい答えだと言い、頭を撫でて下さった。私はすでに義兄の金太権からこういう類の話をたくさん聞いていたので、正しい答えを言うことができたのだった。

新星少年団責任者　金基範(キムギボン)に会う

一九二六年、少年組織である「新星少年団」が創設された。団長は済州邑にある北公立普通学校六学年に在学中の金基範(キムギボン)少年だった。新星少年団は、少年たちに団体訓練を通じて集団意識と民族意識に目覚めさせる事を目的とした。また、物事に対して正しい認識を持つよう指導することも新星少年団が担(にな)った任務のうちの一つだった。新星少年団の団長だった金基範が広く知られることになった当時の逸話が思い出される。

当時、金基範が通っていた済州北公立普通学校の校長は日本人だった。平素から新星少年団の活動を目の敵のように思っていた校長は、金基範が新星少年団の団長だということを知ると、学生たちの前で金基範に恥を掻(か)かせ、少年団の活動に冷や水をかけてやろうと考えた。ある日のこと、六学年の授業時間を利用して、校長は六年生たちに向かって演説をぶった。

「私は皆さんたちの白い布を、きれいな青に染めてあげたのに、その美しい青い布の上から赤い色をぶっ掛けて、布を台無しにした者たちがいる」

普通の学生ならこういう場合、ひと言も抗弁できずにただうつむいていただろう。しかし、金基範は大胆にも校長先生の毒舌に次のように反駁した。

「我々は白い布を赤色できれいに染めたのに、校長先生がその美しい赤い布を青色どころか、濁った紺色に染めようとするので、布自体がまったく使えなくなりそうです」

どれほど大胆で奇抜な口答えだろうか？　私はこの話を伝え聞いて、彼に必ず一度は会いたいと思っていた。そしてその機会がやってきた。一九二七年、学校で「キム・ジュンファン先生の回想記」を講義していた当時には、牛島に六学年の学級があったのだが、その年を最後に六学年の課程がなくなったため、六学年の課程を終えようとするなら、大きい島〔訳注：済州島のこと〕に渡って勉強しなければならなかった。この時期、牛島に近い普通学校は下道里（ハドリ）にある下道里私立普通学校だけだった。下道里私立普通学校の校長職は空席だったが、牛島出身で三種訓導〔訳注：訓導は日帝時代の小学校の教員〕の資格を持っていたキム・ナンソク先生が校長代理をしていた。私の母とキム・ナンソク先生の母は平素からお姉さん、妹と呼び合うほど親しかったので、母親同士で話をつけてくれ、下道里私立普通学校に転学することができた。

牛島から下道里私立普通学校に転学した者は三名だった。補習科二学年〔原注：普通学校六学年課程〕の学生数は一九名だった。当時は済州島のどこへ行っても同じだったろうが、私の級友たちのなかには結婚し、タバコを吸っている学生たちもいた。この時期に出会った同窓たちは、その大部分が祖国の統一戦線に参加し、その犠牲になった。現在までかろうじて生きながらえている人間は多分、私一人のはずだ。

六年生の担任は済州市出身のムン・ムヒョン先生だった。先生は誠実な授業をされ、君たちこそ、これからのわが国を背負っていく新しい人材だとおっしゃって、私たちをあたかも新しい芽を育てる心情で熱心に教えられた。先生が教えてくださったなかで今も記憶に残るのは、会議の進行方法に関するものだった。

先生は土曜日ごとに補習と一、二年生を一つの教室に集め、会議の進行方法と記録の仕方など、会議の執行における全過程をしっかりと教えてくださった。一方で、こういう集まりを持つときには、日本の警察の監視網に引っかからないように細心で緻密な準備をされた。当時の五年生の担任だったキム・テリュン先生に見張り役をさせ、集まりを安全に持てるようにしたのだ。

今ふり返ると、このときの先生の教えは、後に我々が地下活動や組織活動をするときに必ず必要な内容だったし、先生が私たちの将来を見通してそんなことまでも教えてくださったようで、今さらながらそのありがたさに胸が熱くなる。

下道里私立普通学校時代、私は日曜日になると終達里のハン・ウォンテクの家によく遊びに行った。ハン・ウォンテクは私より三つも年上だったし、下道普通学校のムン・ムヒョン先生が期待されていた教え子のなかの一人だった。彼は友達づきあいがよかった。父親は漢学者だったが家は裕福だった。彼は一人部屋をあてがってもらっていたので、遊んでいるうちに時刻が遅くなると部屋で一緒に寝たりもした。彼のお母さんは私が行くといつも、息子の友達が訪ねて来てくれたと言い、端正な膳を整えてくださった。いつだったか正確には思い出せないのだが、あれほど会いたいと願っていた金基範と出会ったのも、まさにこのハン・ウォンテクの家でのことだった。少年団の仕事で済州島を一周している途中、終達里まで来て日が暮れ始めたのでその日はハン・ウォンテクの家で泊まることになり、運よく思いもよらない時間と場所で出会うことになったのだった。

金基範は私が普段から思い描いていたとおり、背が高くすらりとした容貌だった。ハン・ウォンテクの紹介で互いに挨拶を交わした後、私は長いあいだ彼に会いたいと思っていたことなどを正直に話した。それでかどうか、私たちは虚心坦懐に話し合うことができた。

金基範は済州島を一周する間に大静面〔訳注：面は行政単位の一つで日本の町にあたる〕であった参考になるエピソードを語ってくれた。

大静面の金漢貞先生は漢学者として学者らしい剛直さを備えた方だ。金基範が挨拶がてら先生宅に寄り、済州邑在住のある先生の言付けを伝えたあと大静面の少年団の組織状況についてたずねた。それを聞いて先生は組織状況について話されたあと、息子を呼んで金基範を紹介しながら次のように話されたそうだ。

「今おまえと挨拶を交わした金基範君は、お前よりも三つも年下だ。金君は済州島の少年組織を指導しながら飛び回っているのに、いったいお前は何がしたくて毎日のように賭場に出かけ、時間を費やしているのか？　恥ずかしくはないのか？」

金漢貞先生が金基範の面前で彼の息子を叱責したということだった。まだ幼い少年だったが、すでに多くの人々に信頼されている金基範の姿をよく表している逸話のようで、いまも鮮やかな記憶だ。

その日の夜は、金基範と遅くまで語り合った。新星少年団が訓練するときに使う信号方法と信号の合図、ダーウィンの進化論、類人猿が人間へと発展するときにどんな労働をしたのだろうかというような多少奇抜な考え、そして自然淘汰説の妥当性に関する討論など、実に多くの話題について語り合った。

しかし、残念ながら私が彼に会ったのは、これが最初で最後だった。金基範は解放〔訳注：

日帝植民地からの解放」後、城山里のコ・インサムと一緒に郡山(クンサン)に行ったという消息を聞いただけで、その後のことは知らない。彼らも同じように統一戦線に加担し犠牲になったのではないだろうか。

第二章　愛国者として起つ

日本へ渡る

下道里私立普通学校を卒業したのは一九二九年の春だった。

しかし我が家の経済状況では中学校への進学はむずかしく、迷わざるをえなかった。母は母方の祖母が残してくれた畑を売ってでも私がやりたい勉強をすることを勧めたが、その畑は我が家の生命線であったため断固として断った。その頃、私の従兄にあたる人が数年前に日本に渡って土方仕事をしていた。私のことを伝え聞いて、日本に来いとの連絡をくれた。折よく、三番目の叔母も日本に嫁いだので、いっそ日本に行って苦学することを決心した。当時、日本に行くためには渡航証明というものを警察署で発給してもらわなければならなかった。思想が不穏であると判断される者には渡航証明が出なかったが、私は叔母が同行したため簡単に発給してもらうことができた。

故郷を発つ日、母は船着き場まで来て涙した。一四歳になったばかりの幼い息子が自分の元を離れ遠い異国の地に行くこと考えると、涙を流さずにはいられなかったのだろう。帆船が風を受け故郷の慣れ親しんだ船着き場から遠く離れるまで母は一歩も動かずその場に立ち尽くしていた。無学な母であったが、子を愛する母性愛は孟母〔訳注：（孟母断機）孟子の母が機織りの糸を切って見せ、学業を中途でやめることを戒めたという故事〕と何一つ違わなかった。

日本に到着してみると、すでに入学時期が過ぎており、次の入学まで一年の時間的余裕があった。私より一年早く日本に来ていた義兄・金太権（キムテグォン）は、日本帝国主義の腐りきった教育を受けてどこに役立てるつもりかと話し、しばらくは自分と行動を共にするようにと言った。

当時の日本では、いわゆる左翼政党である社会党、農民党、労働組合などの演説集会が毎日のように開かれていた。入場料は当然のことながら無料であった。私は毎晩義兄に連れられるまま、それを参観するため集会が開かれる劇場に出入りした。集会ではいつも巡査が立ち会い、演説内容を聴きながら監視していた。講演者が日本の現実を直接的に批判したり、感情が高まって裏事情を暴露したりしたら、要注意、注意、中止の号令を乱発し、演説を中止させた。講演者たちは一様に解りやすい言葉で演説したので、私のように日本語に不慣れな人間でも大まかな内容を把握することができた。

義兄は中学に入学して型にはまった教科書で勉強するよりは、演説を聴き、現実問題の解決に努める方が何倍もマシだと言った。だが私の考えは少し違った。私は制服を着て学生帽をかぶり、同じ年頃の仲間と運動や勉強をしたかったのだ。そこで、夜は義兄と連れだって進歩的な演説会に参加したが、同時に浪華商業学校〔訳注：現・浪商高校〕に入学するための準備も怠らなかった。この頃、私は義兄の勧めで徳永直が執筆した「弁証法読本」、「共産主義ＡＢＣ（ブハーリン著）」、「唯物論」などを読んだ。義兄はいつも、私が読んだ範囲の口頭試験を行い、間違って解釈している部分について直してくれた。物事に対して正しく認識しようという姿勢が身に付いたのは、このときではないかと思う。

私は日本の左翼運動を経験しながら社会主義思想について私なりの信念を育てていった。故に日本の共産主義運動の流れに少なからず影響を受けたのだが、代表的な例をひとつ挙げてみよう。

日本の共産党代表として、モスクワで行われた国際共産党大会に派遣されることとなった渡辺政之輔は千葉県の飲み屋の店員出身だった。彼は、青二才の私に革命家としての模範を示してくれたと思う。渡辺は組織の決定を遂行するため、想像を絶する苦行を耐え抜かねばならなかった。モスクワに出発直前、一度だけでも顔を見せて欲しいという母の切実で涙ぐましい訴えさえ、断固として拒否するほど革命遂行に忠実であった。このような人々には、大義に生きて大義に死す、という思い以外には何もないと思った。その反面、変節者として卑劣な裏切り行為を行った者も多かった。

渡辺政之輔のあとに続いて共産党の総責となった佐野学は一九三三年、大学の同期である文部大臣、鳩山一郎に説得され、自己の信念をあっさりと捨てた挙句に転向してしまった。一国の共産党の中央執行委員長が転向したことは、このときを除き後にも先にもない、それほどありえない出来事であった。その時期、佐野学の転向によって日本の労働界がひっくり返るほどの大騒ぎになるありさまで、私もまた、それまで読み習い、自分の中で定立していた思想について慎重に検討する必要性を感じるようになった。わが命を繋ぐために、あたかも履き古した草履のように正義を捨てるということが正しい行為なのか、そうではないのか、考えずにはいられなかった。そうだ。正義は人類の歴史の中で限りなく続いていかねばならない真理であり、人間の生命は、果てしなく続く人類の歴史のなかで線香花火のような存在に過ぎないという結論を得た。

当時、日本では組織の裏切り者を「だら幹」と呼んだ。「堕落した幹部」という意味だ。転向者を指した言葉であった。ある日、義兄から「だら幹」に赤色テロを加えるところを見に行こうと誘われ、連れられるままについて行った。雨上がりの道はひどくぬかるんでいた。私が暗い路地に身を隠していたところ、急に道の真ん中が騒がしくなった。どこに隠れていたのか、労働者数十人が道に飛び出し、背広を着た青年をぬかるみに倒しこみ、しつこく踏みつけていた。助けてくれという その青年の訴えにも、道を行く人々は誰一人、見向きもしなかった。それは組織を売って敵に投降した者に対し労働者が下す厳罰であった。

日本で生活した一年の間、私はいろいろな経験をした。正義とは、真理とは何なのか。そして人間の生きる正しい道について意識し、一九三〇年春、ついに浪華商業学校に入学した。

反帝同盟の組織員になる

一九三一年九月一八日、日本関東軍は当時満州を統治していた張作霖を盧溝橋爆破事件で抹殺した後、万宝山事件〔訳注：一九三一年七月二日、中国吉林省・万宝山地域で、朝・中、二国間の農民の間に起こった紛争〕によって満州を占領した。続いて満州国という傀儡政府を建て、満州を中国から分離・独立させるという名目のもと、清朝最後の皇帝「溥儀」を満州国の皇帝にした。見かけは独立国であったが、事実上、実質的な権力は全て日本が握っていた。これを契機に、日本は本格的な侵略の魔手を中国に伸ばしはじめた。一九三二年と一九三七年には二度にわたって上海事変を起こし、中国のほとんどの重要都市を占領、南京では大虐殺劇を繰り広げた。続いてベトナム、ミャンマーにまで侵略の魔手を伸ばしはじめた。

私が反帝同盟の組織員として活動した時期に知ったことではあるが、日本政府は一九二七年三月一五日と一九二八年四月一六日の二度にわたり日本共産党掃討作戦を展開し、一都三府二〇県で党員一六〇〇余名を検挙した。これにより、日本共産党は完全に破壊されたかのようであった。日本共産党がこのようにひどい弾圧を受けるようになると、これを守るため地下組織である反帝同盟が作られた。反帝同盟の執行委員のうちの一人は小林多喜二だった。

その頃、私は同郷人であり従兄であるヤン・ボンニュン、チョン・チャンシクと一緒に住んでいた。私たちは時間さえあれば討論し、日帝は必ず敗北するという信念を育んでいった。日帝が敗北するという主な理由としては第一に、占領地において殺人と略奪、強姦などの野蛮な行動に明け暮れているだけではなく、民衆を大量虐殺し、敵愾心を呼び起こしていること。第二に、戦争物資の輸送に必要な石油が枯渇しているということを挙げた。私たちはこのように、内外において窮地に立たされている日帝が敗北するのは時間の問題だと考えた。しかし、私は理論的にはある程度共産主義の思想に共感し、日帝敗北の必要性に同意しながらも、まだ本格的な実践闘争に踏み切れずにいた。理論と実践は、厳然と、まったくの別問題だった。

そんなとき、私に本格的な実践活動を決心する契機が訪れた。日本のプロレタリア文学家であり、反帝同盟の組織員である小林多喜二の名著「党生活者」を読んだのだ。「党生活者」は、小林自身が非合法の条件で敵と直接闘争した経験を基に、地下活動の様々な問題点を具体的に提示した名著であった。それまでに私は共産主義理念の書籍を読み、その思想が全人類を救える唯一の代案であるという点においては、疑う余地なく共感していた。しかし私自身はまだ意識化されておらず、実践面においても傍観している立場であった。ところがこの本を読み、「真理は実践によって得られるものであり、決して共感などでは得られるものではない」ということを自覚するようになったのだった。私は「党生活者」を読んだ一九三二年、遂に中学校三学年の身で反帝同盟の組織員になった。

当時、日帝の軍国主義者たちは弾圧の度合いを強めていた。一方、反帝同盟も闘争の手綱を緩めはしなかった。一九三四年七月、反帝同盟大阪支部全体の連席会議が浜寺海水浴場で開かれた。集会場所を浜寺海水浴場に決定した理由は、人が沢山集まる開かれた場所であるということ、それに松林が多いという点だった。九時に集まり、一二時まで海水浴をし、その後決められた場所に集まって各自持参した昼食をとり、会議をすることになっていた。私たちはお互い目礼を交わし、最近の民衆の動きについて報告、討論した。

日本の民衆のなかには戦争が貧困を清算するのに役立つと考える者もいた。なぜなら日本軍が占領した大陸に行けば、せめて成金の夢でも実現できるのではないかと考えていたからだ。しかし、大多数の人々は口外出来ずにいるだけで、戦争には反対していた。若者が徴兵され戦争に行くとなると、生計を立てるのは老人だ。そうすれば生活は苦しくなる。大多数の民衆が、戦争によってその日の糧さえも心配しなければならなくなったのだ。それゆえに、人々は戦争に反対しないわけにはいかなかった。だが鼻息の荒い軍国主義者を恐れ、心情を表すことができなかったのである。

反帝同盟は日本の民衆の心理をこのように分析し、軍国主義者が他国を略奪する戦争で罪のない人々がこれ以上犠牲になってはならない、という点において意見を同じくした。また、同盟は組織員一人につき一人ずつ同調者を作り、選別し、組織をもっと拡大していくことを決議した。反帝同盟は日本の人々に、狼のような大資本をバックにした軍国主義の危険な暴風のなかで丸裸で立っているという事実を認識させ、同時に彼らを反帝国主義思想へと意識化していくという、重大な歴史的任務を帯びるようになった。

浜寺での集会はこうした意味で成果があった。

異国の地での逃避生活

いつの間にか七月が過ぎ、九月も中旬に入った頃だった。何を嗅ぎつけたのか、鶴橋警察署の水野刑事が私の家を襲撃し、畳の下に隠しておいた反帝同盟の文献を押収していった。何も知らない私は授業を終え、家に帰る道で大家のおばさんに会った。おばさんは家から遠くまで

出てきて、私を待ってくれていたのだった。おばさんに走り寄り、

「なぜここにいるのですか？」

と尋ねると、何の書類かわからないが刑事が来て探して持って行った、だから家には帰ってくるな、と言う。その足でチョン・チャンシク兄が働いている歯ブラシ工場とイ・ジョンヒョンが働いている鉄工所に行き、その事実を伝えた。彼らが何も知らず家に帰り、捕まったりすれば大変なことになるからだ。

私自身もまた、問題があった。残り五ヶ月で卒業。だからといってこのまま学校に通うわけにもいかず、行きづまってしまった。悩んではみたが選択の余地はなかった。もう、卒業を諦める以外には……。

このとき、ある一つの事実が私を恐怖の底に突き落とした。反帝同盟の組織員である小林多喜二先生のことである。先生は街頭連絡をしていたところを警視庁の刑事に検挙され、七時間拷問を受けた。しかし先生は黙秘権を行使し、最後は拷問により命を落とした。警察はその死体を先生の家に持って行き、待っていた。先生の訃報を知った弔客（ちょうかく）が集まりはじめると刑事は総出動し、弔客を検挙して行ったのだ。私はこのような恐ろしい事実を思うと震えずにはいられなかった。

卒業への未練を捨てようと決意すると、どうやって生計を立てるかという問題が目前に迫っ

てきた。知り合いを通して仕事を探していると、和気鉄線工場で採用試験があると知り、私は試験を受けることにした。鉄線を丸く巻いておいたものを両足を利用し持ち上げ、首にかけたり元の状態に戻したりする実技試験だった。私は難なく合格した。だが問題は一二時間交代で働けるかどうかであった。おまけに割り当てられたのは夜の勤務だった。夕方勤務に就くと、夜食も休憩もとらず一二時間ぶっ通しで働かなければならなかった。

工場で生存のための戦いに苦しみながらも一言の不平も口にせず、黙々と働く労働者の立場をこの時初めて実感した。そうやって苦労して働いても人一人食べていくのがやっとで、情けないと思わずにはいられなかった。この工場の労働者でいる限り自分自身に対して悩むことはもちろん、読書の時間を持つ余裕すらなかった。朝七時に交代し家に帰ると朝御飯を食べるのもやっとで、疲れ果てて倒れこむように寝入ってしまうのだった。そうして一度寝入ってしまうと夕方の交代時間を忘れてしまうくらい眠りこけてしまった。

どうにかこうにか一五日間の夜間勤務を終えた。いろいろ考えた末、受け取った給料を旅費に充て帰郷することに決めた。わが身一つでさえ思い通りにできない日雇い労働者なのだ。それはともかく、私としては階級的存在意識と労働階級の哀れな環境を身をもって体験した貴重な時間だった。

一九三四年九月一〇日、日本では一五〇〇年振りの大きな台風によって、大阪市内の木造小学校と四天王寺の五重塔が木っ端みじんに崩壊するほどの大きな被害を受けた。私は六年前に日本へ渡ったときに乗ってきた船、君が代丸に身を預け故郷へと向かった。

帰郷

故郷に帰るとだれよりも私を喜んで迎え入れてくれたのは母だった。母は息子が帰って来たという喜びに、黍と粟を取り入れ、殻竿で精穀しなければならない忙しい時期であったにもかかわらず、その大変な作業でさえも楽しんでいるように見えた。

帰郷して三日後、風邪で横になっていると城山浦（ソンサンポ）駐在所のキム・ユノクという巡査が訪ねてきた。彼は私を見ると、風邪が治り次第、駐在所に出頭しろというメモを置いて行った。直感的に反帝同盟事件のことだとわかった。当時は日本警察の組織体系が一糸乱れず機能していた。

私はそのメモをたずさえて、済州島海女闘争を導いた責任者の一人であり、二年六ヶ月の受刑生活を終え、家に戻っていたカン・チョル先生を訪ねた。先生は、どんなことがあっても知らないと言い張らなければ危機を免れることはできないと言われた。先生の忠告を聞いた私は、

「私と一緒に住んでいた人たちは働いていたし、私自身、反帝同盟が何をしている団体なのかまったく知らない」

と頑として否認したおかげで、一週間留置所にお世話になっただけで調査が終わった。日本にいた間、三人の人間が同じ下宿にいたという事実が釈放されるのに大きく役立ったわけだ。

一九三六年春、私は演坪里(ヨンピョンニ)尋常小学校の教師に任用され、教壇に立つことになった。三年生の担任を受けもちながら、五、六年生の日本史の授業も担当することになった。他の教師は、私が日本で勉強したので日本史担当には適任だと日本史の授業を私に委ねたのだが、それは言い逃れでしかなかった。彼らも朝鮮の子供たちに日本の歴史を教えることが嫌だったのだ。私は仕方なく日本の歴史を教えはしたが、心底苦痛を感じなければならなかった。その時期は日本が中国全域に侵略の魔手を伸ばしていた頃で、たびたび時局講演が開催されていた。時局講演とはいうが、その講演内容は反共で、日帝はすべての思想犯を反面教師として総動員し、時局講演という名の下に大東亜戦争の正当性を宣伝していた。

一九三七年の秋だったと思うが、金正魯(キムジョンノ)先生が警察の護衛を受けながら、演坪小学校で開催された講演会の演者として来られた。演目は「日本的世界観」だった。先生は次のような逸話を話した。

日本に山崎闇斎(あんさい)という儒者がいた。彼の門下には数千と推測される数の弟子がいたのだが、ある日、孔子の教えについて講義を聴いていた一人の弟子が質問をした。

「万一、孔子がわが国を攻めて来たら、どうすればよいのですか」

先生が答えた。

「私たちは孔子の教えに従って、孔子を捕えなければなりません」

先生がこのような講演を行った理由はどこにあったのか。孔子は人に仁義を説いた学者であって、隣国を侵略し乗っ取ることを教えた学者ではないということは、世の全ての人が知る事実である。にもかかわらず、孔子まで登場させ、侵略と戦争について語った目論みは何であったか。それはひと言で言えば、中国の代表的な聖人である孔子を引き合いに出してまで、日本の軍国主義者たちが中国侵略を合理化するというものであった。それこそ、学問的な歪曲であった。ところが金正魯先生は日本の学者の言葉を一文字も変えずに引用し、侵略を擁護する講演を行ったのだ。講演中、先生が強調した「日本的世界観」とは、このように日本が中国を侵略したことを合理化する詭弁に過ぎなかった。私は先生に対して憐憫の情を感じずにはいられなかった。

彼は一時期、革友同盟〔訳注：社会主義抗日運動団体〕の重要幹部の一人であった。彼の名前は済州島で広く知られていたが、これこそ徹頭徹尾、明らかな変節でなければ何だというのであろうか。己ひとりの命のために尊い正義の道をボロ草履のように捨てさるとは……、哀れだという言葉はこんな時に使うのだと思った。彼が今まで生きて来た人生とは見せかけの姿だったというのか。祖国を日帝の植民地から解放し、わが民族に正しい人の道を説き、独立した祖国を建設しようという彼の意志はどこに行ってしまったのか。私たちの知っている真理とはこんなものだったというのか。

私が心に抱いていた彼に対する尊敬と誇りが敵対するものへと変わり、その事実は私を深い悲しみに陥れた。

一九三八年秋、私は二年半の教職生活を清算した。その頃、教職は月三〇ウォンという、農村ではそれなりに少なくない収入源だった。だが、私自身が掲げてきた思想と信念上の問題もあり、職業としての教師というものが、わが国の子供たちに日本化教育をするという、ただそれだけのことでしかないということが嫌だった。戦争に狂った輩たちが繰り返す反共の講演。子供たちに日本語で皇国臣民の誓詞を朝夕覚えるよう強要すること。どれも耐え難く、教職を辞める決心をしたのだった。しかし教職を離れ、何をするのか。徴用にひっかかりさえしなければ……、くらいに思うしかなかったのだが……。

清津（チョンジン）に行く

その頃、牛島が生んだ二人の先生、海女事件で懲役に服していたカン・チョル先生と金聲五（キムソンオ）先生は済州島で繰り返される諸事件に衝撃を受け、数年前から故郷を離れて咸鏡北道清津（ハムギョンブクドチョンジン）に行っていた。私と同級生のカン・ムンドゥ君も、日本で日新商業学校を卒業し帰郷、金融組合の試験に合格して清津の金融組合に勤務していた。清津に尊敬する故郷の人たちと親友がいるという事実は清津行きを決めるのに大きく作用した。私は教職を辞めて何をするか悩むうち、清津に行く決心を固めた。

当時、清津の海は鰯の豊年にあたっていた。そのため清津の景気も大きく息を吹き返していた。清津港を中心にして一九三五年から始まった鰯漁業は、一九四五年に日帝が敗戦するまで続いた。清津港の向かいにあった漁港は鰯工場と巾着船〔訳注：巾着網を備えた船〕、運搬船などで賑わっていた。工場では鰯で化粧石鹸を作り、残りかすで肥料を作っていた。戦争が長引き、日帝の植民地収奪も一段とひどくなっていたが、清津だけは戦時中にもかかわらず相当な景気だったと記憶している。清津に行けば今の環境よりはましだろうという夢を抱き、学校に辞表を提出したのだった。

その当時、清津には済州金寧（キムニョンニ）里出身のイム・ギョモという人が住んでおり、朝鮮総督府とどんな縁故があったのかは知らないが、総督府の曳き船に乗っていた。清津に来た牛島の青年たちの大部分が彼の家を頼って行き、イム氏も彼らに居候させながらの生活をさせていたので、故郷の人々によく知られた存在だった。私と同級生のカン・ムンドゥ君も彼の家に下宿していた。カン・チョル先生、そして金聲五先生も船長の免許を取るまで、ここに下宿していたそうだ。私もまた他に頼る当てもなく、働き口が見つかるまで、この人の家に下宿するしかなかった。下宿代は食費を含め、当時のお金で一八ウォンだった。

そんなある日、カン・ムンドゥ君が何枚か履歴書を書いておくようにと言った。その履歴書は済州市出身のペク・ヒョンソクという人に渡り、彼は私に自動車付属品の販売会社の経理職を斡旋してくださった。私が就職した会社の社長夫人は済州島生まれの日本人女性で、父親は済州農業学校の教諭として二〇年間在職した「まつせゆういち」という人だった。そういうこともあってか、この社長夫人は済州島出身者であれば身元照会なしで無条件に採用するということだった。ペク・ヒョンソク氏はその会社のサービス工場で経理を担当していた。そんな訳で、私も簡単に職場を見つけることができた。

私の初めての給料は七〇ウォンだった。友達のムンドゥ君は給料と手当を合わせて四八ウォンであったが、少しも私を羨ましがらなかった。それは私の就職した会社はいつ倒産するかわからないという危険がある反面、彼が働いていた金融組合は、仮に日本が滅びても高利貸し業なので存続できるという長所があったからだ。その上、金融組合の勤務者は徴用も免除されるという点で、少しばかり多めに給料をもらったからといって、まったく気にもならないというのがムンドゥ君の意見だった。

カン・チョル先生の死

私が就職して三年が過ぎた一九四一年のことだ。

その年、カン・チョル先生は日本で所属会社が建造した一艘の貨物船に乗って、朝鮮に向かっていた。ところが玄界灘を渡っているとき暴風にあった。恐ろしい風と波に空の船は何度もひっくり返りそうになったが、カン・チョル先生は死力を尽くして危機を乗り越えた。

玄界灘は私たち民族の、恨(ハン)〔訳注：怒り、悔しさ、悲痛、怨み、後悔などの思いが入り交じった複雑な感情〕が染み付いた海で、たびたび激しい暴風が吹き荒れる場所だ。この文章を書きながら、ふと「死の賛美」を歌った尹心悳(ユンシンドク)〔訳注：声楽家〕が、恋人と身投げしたところも玄界灘だったと気がついた。とにかく、激しい波浪と戦っていたカン・チョル先生にはそんな感傷に浸っている余裕はなかっただろう。嵐と戦い、へとへとに疲れた先生は漁大津(オデジン)港を目前にしながら、そこから近いファンジン港に錨を下した。ファンジン港に船を停泊させた先生は、険しかった航路でたまった疲労を癒そうと温泉に入ったが、その湯までぬるく風邪を引いてしまった。そのため清津に着いたときには体を支えることすらままならず、その場に倒れこんでしまった。

ちょうどそのとき、金聲五先生も新しく作った貨物船を清津港に停泊させていた。金先生はカン・チョル先生が寝込んでいるということを聞き、わざわざ私の下宿に訪ねて来てカン・チョル先生の容態を見てとると、羅南(ナナム)道立病院に行き診察を受けることを勧めた。それで、先生を病院にお連れすることにした。

もともとカン・チョル先生は体格がそれほど大きくない知識人タイプで、平素から丈夫な人ではなかった。しかし済州農高時代にはいつも優等の異名を独り占めしていたほどで、物事を識別する能力は人一倍あった。先生が診察室を出たあと私は病気についてたずねてみた。医師は私と患者の関係をたずねたあと、急性肺炎にもかかわらず、よくここまで来たと言いながら、患者は何があっても動かしてはならず、常に安静にし、清津に行ったら桑野という内科の医師に治療を受けなさいと言う。そして、患者には今日の診察結果を知らせないようにと注意もした。先生を連れて清津に戻ると私は桑野医師を訪ねて行き、患者の状態と病気になった原因、そして道立病院の診察結果も伝えた。清津で貧民街として有名なセナリ峠に桑野先生をお連れし、患者を診察してもらった。先生は患者に、絶対安静が必要なので動いてはならず、つまらないことは考えないようにと言った。喀血したらお終いだとのことだった。

肺が悪い患者は咳をすると一様に喀血をする。喀血と咳を抑えるためには鎮痛剤を飲む以外方法がなかった。しかし鎮痛剤を続けて服用すると、鎮痛剤の一成分であるアヘンの中毒になってしまう。どうすればよいのか。私はまず差し迫っている火元を消すのが先決だと考え、アヘン中毒は肺炎が治ったあと徐々に治せば良いと判断した。まず、五〇本入りの鎮痛剤ひと箱を買った。これから先どのくらいの鎮痛剤が必要になるのか分からなかったが、薬代は全て私がもつことにした。それ以外の生活費には、カン先生が籍を置いていた会社から支払われる僅かなお金と、奥さんが海で捕った海産物を売ったお金を充てることにした。私はどんなことがあっても必ずカン・チョル先生の病気を治すのだと誓った。

ある日、私が薬を取りに桑野医師を訪ねたところ、カン・チョル先生は何をしている人なのかと聞かれたので、船の船長だと答えた。だが船の船長には見えないと言う。今まで数多くの患者を扱ってきたが、あんなに修養を重ねた患者は初めてだということだった。それもそうだろう。先生は、絶対安静にして、動いてはいけないという医師の指示を守って、便所に行く以外は一日中場所を移すことすらしなかったほどだ。先生が亡くなったあと、お尻をみると、肉と骨がひとつにくっ付いて、それはまるでミイラみたいだったが、桑野医師はその辛抱強さと実践力を見てとると、患者の人格を理解したのだった。動いてはいけないという医師の言葉に、骸骨のようになるまでにそれを実践する……。そうだ。それはだれにでもできる業(わざ)ではなかった。

カン・チョル先生には六歳になるトンヒョクという息子がいた。私たちはトンヒョクを肺炎で寝込んでいる父親と一緒にすることができず、暫らくの間、ムンドゥ君に預けていた。トンヒョクは日に一度、父親のいる家に来ては遊んだ。そのとき、トンヒョクは、「お父さんの病気が治ったら一緒に遊べるのに……」

とよく言ったものだった。カン・チョル先生はトンヒョクのその言葉に大いに慰められたはずだった。カン・チョル先生は苦しい闘病生活のなか、トンヒョクが毎日訪ねて来ては笑い、話す声を聞くことで、新しい活力を得ていた。たとえ自分が病んでいても、自分の血をわけた子供が、生きて、元気に動いているという思いだけで、全ての苦痛に打ち勝っていたはずだった。

そんなある日、いつからだったか……。希望の声が消えてしまった。一日が過ぎ、二日が過ぎ、一週間が過ぎてもトンヒョクの声が聞こえてこなかった。唯一の希望であるトンヒョクの声が消えてしまうと、先生の心境に変化が生まれたのであろう。それは不吉な予感、トンヒョクの事故であった。トンヒョクは当時流行していた天然痘を患い、死んだ。この世ではもうこれ以上、彼の声を聞くことはできなかったのだ。奥さんは病床の夫にどうしてもその事実を伝えることができなかった。息子の声、笑い声を聞きながら、病床の苦しい一日一日を堪えていた父親が息子の不幸を感じ取ったとき、その心境はいかほどであったろうか。経験したことのない人にはその父性愛は分からないだろう。先生は生きる希望を失ってしまった。徐々に先生の容態は悪化していった。希望を失い、病魔に苦しめられていた先生は、ある日の明け方、辛い人生を終えた。息絶える最後の瞬間、先生は絞り出すような声で叫んだ。「オモニ（お母さん）！」と。思想に対して強い信念を持ったカン・チョル先生にとっても、自分を生んでくれた母親に対する愛情だけは、人として持って生まれた避けられない本能であったようだ。

火葬場はセナリの北側、羅津港（ナジン）が見渡せるところにあった。先生の死体が火のなかで一握りの灰になるのを見ながら、様々な思いが去来し、私は混乱していた。ある人は死を前にして人生ははかないものだと言い、またある人は歴史的な生命体として命は永遠のものだと主張した。しかしそのときの私にはそのどの言葉も耳に入ってこなかった。先生を失ったことが、ただただ苦しいだけであった。火葬が終わると、奥さんは一握りの灰となった先生を小さい箱に入れ、その日のうちに故郷へ帰って行った。夫と息子を失った悲しみを、だれがその心情をわかってあげられようか。

私はしばらくのあいだ、会社でも仕事が手につかなかった。先生の死が私に深い悲しみを残し、生と人間に対する様々な想いが入り乱れて、苦しい日々を送ることになった。九〇を迎える今、私はときおり当時を思い出してみる。そして真の人生の途中で消え去ったあの方を、愛国の道の途中で死んでいった同志たちの名前とともに、愛（いとお）しく、静かに呼んでみる。

南三郡に関する知らせ

一九四二年、私が勤務していた会社の社長が自動車のバッテリー修理工場にも手を広げ、その工場も株式で運営することになった。株の持ち分は明川（ミョンチョン）出身のキム・ウィフンという若い青年に預け、運営することになった。彼は私と同じ年であった。経理事務の関係で、時々バッテリーの修理工場に立ち寄る間に私は彼と親しくなり、そのうちに、互いの胸のうちを洗いざらい話す間柄にまでなった。

ある日、彼から南三郡（ナムサングン）という言葉を初めて聞いた。南三郡はどこのことを指すのかと聞くと、明川郡（ミョンチョングン）と吉州郡（キルジュグン）、そして鶴城郡（ハクソングン）のことだと言う。この三つの郡を合わせて南三郡というのだが、この三郡出身の若者たちが抗日遊撃隊に参加し、勇敢に戦っているというのだ。彼らは祖国光復〔訳注：失った国権を回復すること〕のために白頭山（ペクトゥサン）で密かに野営し、その野営地を中心に日本軍に立ち向かって神出鬼没なゲリラ戦を行うため、日本軍も討伐に手を焼いているということだった。

私がその時までに耳学問で知っている社会主義的闘争運動は、一九二九年一一月一日に起こった光州（クァンジュ）の学生闘争と農民の小作料闘争、釜山（プサン）の港湾労働者の賃上げ闘争、元山（ウォンサン）の紡織工場の待遇改善闘争、所安島（ソアンド）と荷衣島（ハイド）の小作争議、済州島の海女たちの闘争だけであった。ところが南三郡の青年たちが祖国光復の一線で銃を持ち戦っているとは。それも、強大な日本軍を相手に……。私はこの事実を咸鏡北道（ハムギョンプクト）清津に来て初めて知ったのだった。

一九四四年七月一五日、私は七年あまり勤務した会社を辞めた。大切な先輩同志を一人失い、恨（ハン）も、そして思い出も多い清津だった。私は温和な全羅南道順天（チョンラナムドスンチョン）に下り、朝鮮米穀倉庫会社の光州支店順天営業所の経理社員として働くことになった。順天で勤務しはじめて一年後、日本が敗戦した。順天は収拾がつかないほどの混乱状態に陥った。日本人が住んでいた家、日本人所有の土地や工場の家財道具を分け取ろうと、順天だけではなく各都市で騒動が頻発した。日帝時代に貧しい人だけを選び、戦時徴用だ、夫役だと思う存分酷使した面長と郡守は、小川のほとりで沐浴をしていたところ、人々が棍棒を持って押しかけて来たため、下着もつけずに真っ裸で逃げ出したという話まで聞こえてきた。

解放されると、順天に残るか、それとも故郷に帰るかで私は悩んだ。そして順天は私の基盤が弱いと判断し、帰郷することに決めた。

二度目の帰郷——新しい祖国建設のために

一九四五年の一二月末頃、故郷に戻ると、私を待っていたかのように下道里の呉文奎(オムンギュ)先生が訪ねてきた。そして、「党の指示だと思って牛島の組織を管理しろ」という任務を与えられた。そのときから私は朝鮮共産党舊左面(クジャミョン)党常任委員の一人として、牛島の全ての組織の責任を負うようになった。党の任務を受けてもっとも急いだのは、村ごとに夜学を興し、婦女子を教えることであった。青年層を対象に思想教育も行った。だが、当時はこれといった教材がなく、ブハーリンの著書「共産主義ＡＢＣ」を教材に講義した。「共産主義ＡＢＣ」には以下のような内容がある。

「能力によって働き、必要によって消費する」

ある日、講義を聞いていた青年が、この言葉はどのような労働と消費を意味するのか、具体的に説明してほしいと質問してきた。私自身も完全に理解できない一説で、しばらくためらったが、理解している範囲ではっきり話そうと思い、大体次のように答えた記憶がある。

「能力によって労働し、必要によって消費するという言葉は、共産主義の完成段階に行き着いてこそ実現可能なものであり、社会主義社会は、その段階に行き着くための過渡期です。人間が人間を搾取する社会が資本主義社会なら、人間が人間を搾取する社会を否定して生まれた社会が、共産主義社会ではなく、過渡的な段階である社会主義社会です。社会主義社会では、『能力によって働き、働いただけの分配を受ける』といわなければ正確な答えになりません。もう一度言うと、この過渡的な段階を経てこそ共産主義社会に行き着くことができる、と考えなければならないはずです。各個人の能力によって働き、働いただけの分配を受ける社会が社会主義社会で、共産主義社会では能力によって働き、必要によって消費すると考えなければならないはずです」

血で染められた三・一節記念行事

一九四七年、解放後二度目に迎えた三・一節、二八周年記念行事は地域ごとに開催された。牛島では烈士に対する黙祷と独立宣言文の朗読に続き、島を巡回するデモで記念行事を終えた。済州邑では済州北国民学校で三・一節記念行事が行われた。

その後、群衆は記念式を無事に終え、北国民学校の校門を出ると観徳亭(クァンドクチョン)広場を通り過ぎていった。観徳亭広場の周辺ではデモ行進を見学しようと、大人と子供たちが集まっていた。そのとき、馬に乗って走ってきたある警官が小さい子供を馬の蹄で轢いた。その警官は外部からの応援部隊の一人だった。それでかどうか、警官は知らん顔をして警察署の中に消えてしまった。

これを目撃した大人たちはすぐに警察に抗議した。しかし反対に武装警察は銃を乱射し、抗議していた群衆六人を虐殺、五人に重傷を負わせた。

想像すらできない事であり、到底人間のなせる業とは思えない、これはまさしく無差別殺人、殺傷だった。済州島民の前に、米国はこのようにして登場したのだった。

観徳亭前での銃乱射事件は不吉な予感そのものであった。いや、計画された手順だと表現する方がもっと適切かもしれない。この事件は米軍政〔訳注：米国軍事政府。一九四五年九月から一九四八年八月一五日大韓民国政府が樹立するまでの三年間、三八度線以南地域で施行されていた軍事統治〕が、これから軍事政府の施策に服従しなければ死を免れることが出来ないという脅しであった。そうでなければ、このような殺傷行為がただの一度もなかった済州道で、どうしてこのような非人道的な殺傷を行うことができるというのか。

ではこの事件が発生する前の済州道の行政はどうだったのか。

まず、他の地方ではすでに消え去ってしまった里単位の人民委員会を自主的な島民が掌握しており、米軍政が職務を遂行するのに障害になっていた。

二つ目に、立法委員に当選した済州道代表の二人は上京するとすぐ、他の地方で当選した者たちを親日分子と罵倒、暴露し、委員を辞退していた。

三つ目に、済州道の全ての行政機関では、反日・反米勢力が多数含まれており、米軍政府が施策を遂行するにあたり、障害になっていた。

いずれにせよ、事態の重大性を遅れて把握した三・一記念行事主催側は、米軍政府の前に集まり抗議し、事態はすぐに予測できない方向へと向かっていった。党（南労党済州道委員会）では、直ちに総ストライキを決議した。当時、私が党から公式的に伝達された内容は、

一、平和の群衆に銃を撃ち六人を即死させ、五人に負傷を負わせた米軍政の傭兵である警察官を処罰しろ

二、警察署長を直ちに免職しろ

三、上の条件が貫徹されるまで全道民は無期限のストライキに突入する

であった。ところが、まさに仕組まれた脚本であるかのごとく、続いてすぐに西北青年団〔訳注：一九四六年一一月三〇日に結成された保守系右翼・反共主義団体〕が済州島に入島した。弾圧が始まった。総ストライキの指示を最後に道党とも連絡が途絶えた。済州島は火の中へと飛び込もうとしていたのだ。西北青年団を入島させたのは当時の米軍政下で警務局長だった趙（チョ）炳玉（ビョンオク）であった。

三月五日頃、支署〔訳注：派出所〕の主任が私を訪ねて来て、

「明日、西北青年たちが牛島に来て島の青年たちを検挙するというので、あなたも用心しなさい」

と言い残して行った。ちょうどその時はストライキ中で、野良仕事、漁労など全ての仕事の手を休めて問題の解決を待っていたときだった。そんな中、西北青年団が入島したのだった。青天の霹靂にも程があるだろうに、なぜ済州島民と警察の間に生じた問題に西北青年団が介入してくるのか。一介の青年団体である西北青年団が済州に来て島の青年たちを検挙するとは一体どういうことなのか。とても理解することが出来なかった。観徳亭広場での発砲事件だけでも開いた口がふさがらないのに、おまけに西北青年団とは！　訳がわからなかった。民主主義国家を自負する米国が、何のために朝鮮民族の反感を買ってまでそんな愚かなことをするのだろうか。

しかし、それは米国を知らないが故の純真で無邪気な考えであった。まさに一年前の一〇月一日、大邱（テグ）で人民抗争が起きた時、彼らの態度はどうであったか。何の罪もない民衆を冷酷に鎮圧したのではなかったか……。

大邱での人民抗争は、釜山の鉄道労働者たちが先頭に立った総ストライキが火種となって起きた事件だった。

一九四六年九月二四日、釜山で鉄道労働者たちが総ストライキを起こした。

「米の配給を労働者一人当たり七合にし、主婦は五合配給しろ！　労働者に結社の自由を保障しろ！　労働法を民主的に改定しろ！　米軍政によって収監された政治犯を釈放しろ！」

と声を上げ、はじまったこのストライキは、燎原の火のごとく全国に勢いよく拡散していった。朝鮮労働組合の全国評議会（全評）の指導のもと構成されたこの闘争で、労働者は「全ての権力は人民委員会に！」というスローガンを掲げ決起した。

当時、朝鮮米穀倉庫株式会社は、日帝が敗戦する前、朝鮮の農民から供出された穀物を保管していたが、倉庫がないところは稲わらを作って積んでいた。日帝が敗北した以上、穀物を元の持ち主に返して当然だった。この穀物は朝鮮の農民の血と汗の結晶であったからだ。ところが米軍政はこの穀物を農民たちに返さず、日帝時代から同族を搾取し、自分の利益のみを企てる輩たちに売り渡してしまった。そうして、問題が起きたのである。

釜山の鉄道労働者がストライキをすると、大邱でも釜山の総ストライキを支持する労働者と市民、学生たちが「米軍は出て行け！」をスローガンに叫びながらデモを起こした。デモの途中、警察が結集した群衆に向かって発砲し、警察の蛮行に激怒した大邱市民は、命をかえりみず、警察署と大邱市内に散在していた派出所を完全に占拠してしまった。

米軍政が本当に民主主義を目指していたのであれば、この時点でデモ隊の要求を承諾し、警察の蛮行を謝罪するべきであった。しかし、米軍政は正反対の行動をとった。米軍は戦車と機関銃で重武装し、戒厳を宣布、抗争を過酷に鎮圧した。米軍の武力の前に数多くの民衆が犠牲になった。座して飢え死にするのを待つわけにはいかないデモ隊を、多くの朝鮮の民衆を、銃剣で踏みにじってしまったのだ。これが一〇月一日の大邱人民抗争の全貌だった。これをきっかけに、解放とともに南朝鮮の地域に組織されていた人民委員会は完全に解散せざるを得ない運命に直面した。唯一、済州島の人民委員会だけが健在だった。

考えがここに及ぶと、

「そうだ。米国は全ての済州島民を溝に突き落とし、殺してしまうとしても、自国の利益のために、いや、ウォール街の独占資本の利益のためになら、躊躇せずに非人道的な道を選択する国だ。それこそが米国式民主主義なのだ」

という判断に行き着いた。

観徳亭前の銃器殺人事件は、この後、済州島に近づいている運命を物語る信号弾だった。

釜山(プサン)へ脱出する

米軍政は過渡立法委員辞退事件もあって、人民委員会も解散していなかった済州道への介入のきっかけを狙っていた。そんなとき、済州の三・一節記念行事での銃器乱射事件が起きると、事態を解決しようとするどころか、弾圧の機会と考え、残忍かつ非道な対応をとりはじめた。米軍政長官ディーンは警務局長の趙炳玉に命令し、厳しく弾圧するよう注文をつけた。趙炳玉は北から追われてきた西北青年団の団員に米国の警察が使用する短い警棒を与え、済州島の青壮年を無条件で「パルゲンイ〔訳注：赤色という意味で、共産主義者を意味する蔑称・アカ〕」として弾圧させた。

パルゲンイという言葉は、共産主義者たちが使用する革命の旗が赤色だということから由来した。彼らが戦う武器は素手しかなかったため血を象徴する赤色になったのだ。

日帝が朝鮮を占領していたころ、共産主義者たちを弾圧するために作られた法律が治安維持法だった。日帝下、祖国独立のために戦った人たちは、たいていが共産主義者だった。それが故に日本でも朝鮮でも、共産主義者たちは「アカ」と呼ばれていた。

今日の韓国で革新的な組織を弾圧する「国家保安法」は、日帝下の治安維持法を模範にしたもので、日帝統治下のときよりも、はるかに悪辣に変形された法律だった。国家保安法は人間の思考と自由な発展を完全に抹殺する非人間的な法律だ。一九七二年、朴正熙(パクチョンヒ)は永久的な執権をもくろみ、国家保安法を強化した。そして、それでも足りずに社会安全法を作り、この法律が人権侵害という世論に押され廃止はしたが、保安観察法に代替、立法させ、全国民の理性を完全に封鎖する今日の社会に至っている。

この文を書きながら思い出した言葉がある。第一六代国会で国会議長として登場したハンナラ党の朴寛用（パククァニョン）という者が、金永三（キムヨンサム）大統領の文民政府時代、青瓦台の秘書室長をしていたときの言葉だ。

「政権を握ってみると、国家保安法が必要だということを切実に感じるようになった。この法が南大門市場の商人たちの商売に不利益になることはないではないか！」

あきれて物も言えない。今日の大韓民国の国会がこの様な者を国会議長に選んだとは、本当に多くのことを考えさせられずにはいられない。

一九四七年三月五日、私は牛島の支署がそれとなく知らせてくれた事実を各村の青年たちに知らせた。各自、適切な行動で対応しろと言い、また、くれぐれも気をつけるように頼んだ。六日朝、私は終達里に向かう船で済州島に行き、情勢を調べようとした。終達里に到着したあと、細胞〔訳注：団体や組織の最小構成単位〕責任者を訪ねると、すでに面〔訳注：行政区画の一つ。郡の下、里の上、日本の町にあたる〕とは連絡が途絶えた状態とのことだった。終達里でも下道里でも、青年たちは何の罪も無しに西北青年団に追われる身の上だということが分かった。日帝の収奪と圧迫から解放されてようやく二年。再び米国と、その手先である同族にいわれのない迫害を受けなければならないとは……。

西北青年団が済州島に入って来てからというもの、島の青年たちは彼らを避けて行動し、そうしてできた言葉が「逃避者」であった。むろん、逃避者という名前は西北青年団が作りだした言葉だ。この時期迫害を避けて他地方に渡った人々は、済州島出身者だと口にすることができなかった。済州島の出身なら無条件で叩きのめせという雰囲気だったからだ。これが四・三〔訳注：一九四七年四月三日に勃発した済州島民虐殺事件〕の偽りない真相だ。

六日、牛島にやってきた西北青年団と各村の青年たちは、互いに追い追われるの、かくれんぼをした。牛島は島とはいえ、面積が六・四平方キロメートルにもなる大きな島で、結局一人も捕まらなかった。それで西北青年団が支署の主任と相談したようだが、主任は、

「他の青年を捕まえて責め立てたところでほこりがでるだけだ。たった一人、高性華(コソンファ)。この者が全てを掌握しているので、この者を捕まえてこそ問題を解決できる」

と言ったという。

私の家が家宅捜査された。彼らは一五〇冊あまりに及ぶ本とアルバム写真を持って行った。このため、日帝時代に撮った私の写真は一枚もない。家で起きた出来事を伝え聞いた私は、この様な状況下で転々と身を隠し、うろつくことは、時間の浪費だと考えた。それで、面常任委員会を招集することを提起したところ、面常委責任者から約束の場所と時間を通知してきた。

場所は金寧里（キムニョンニ）の蛇窟（サグル）の外郭で、時間は一二時から一時までだった。面常任委員会の責任者は国民学校〔訳注：小学校〕の同窓でありながら、私より二歳上の下道里出身呉化國（オファグク）だった。

私は四月一四日、朝早く朝御飯を食べると、山間の道を選んで定刻には蛇窟に到着した。このとき参加した人は、終達里のヒョン・ドゥマン、ハン・ソクボム、牛島の高性華、下道里の呉化國、チャン・ギホンの五人であった。私たちは万一に備えて、月汀里（ウォルジョンリ）から参加した青年に見張りをさせ、会議を進めた。

私は、

「魚は水を離れて生きられないように、組織は大衆を離れて生きることができません。済州島が島であるという特殊な条件下で、敵の監視が長期化すると、牛島の事業は存在の価値を失います。現時点で、敵は合法を仮装して、法ではない法で私たちの活動に足かせをはめようとしています。南朝鮮の他の地域ではみんな活発に活動しているのに、他の地域に行って戦うこともできる同志を『陣地固守』という名目でここに縛り付けておく必要はないと思います。この問題から決定しましょう」

と提案した。会議の結果、済州島を離れ他の地域で活動することが出来る同志は当事者の意思によって活動するということに決定した。

このとき、見張り番をしていた同志が「しーっ！　しーっ！」と危険の合図を送ってきたので、各自、解散することになった。ところが何しろあまりにも急いだため、ひと尋(ひろ)〔訳注：両腕を左右に広げたときの長さ〕を超える石垣をいとも簡単に飛び越えることができ、我ながら思わず感嘆詞が出るほどだった。昔の言葉に「死ぬほどの力を出せば力は倍になる」という言葉があるが、まさにこんな時に使う言葉ではないかと思った。

その日の遅く終達里に帰って調べて見ると、翌日天草を運ぶために牛島からキム・チャンシク氏の発動船が終達里の小港に来るという知らせがあった。四月一五日、昼一時頃、キム氏の発動船に乗った私は希望と誇りを与えてくれた私の故郷、恨(ハン)が染み付いた済州島を旅立った。

四月一六日、私は家を出て以来、四一日ぶりに、これから活動することになる釜山に到着した。日本から帰郷してチャガルチ市場で商売していた従妹の家を臨時の宿所に決めた。

翌日、あれこれ尋ね回って文道培(ムンドべ)先生探し出し、お会いした。先生はよく来たと言い、今までの出来事を教えてくださった。その時、下道里の呉文奎(オムンギュ)先生も同席されたのだが、

「これからどうするつもりか？」

とたずねられた。私はその間、済州島であったこと、大衆を離れ逃避生活中に面常任委員会を開いたことを話した。

「面常委の決定によって釜山にきたので、組織に受け入れてくださるなら一生懸命働きます」

と言った。私の話しを聞いた先生は、

「陣地を離脱した兵士とは事情が違う」

と言い、人を紹介するから明日九時までに時間を違えずに出て来るようにとおっしゃった。

翌日、約束の場所に行くと、組織の責任者、ペ・ウン同志が来ていた。第一印象では神経質そうな同志だった。しばらくすると東莱（トンネ）出身のキム・セリョン同志が到着した。キム同志は日帝下で梁山郡（ヤンサングン）農民小作争議を起こし、キム・ハンジョン同志と一緒に刑務所暮らしをした人だった。お互いに挨拶を交わし、私は彼らに済州島の現状をあらまし語った。

こうして私と釜山の関係が始まった。

第三章　職業革命家の道

釜山（プサン）市党　第四地区党で活動する

「同志の闘争経歴を見ると、同志には『工場細胞』三カ所と『街頭細胞』六カ所を合わせた九細胞を十分に指導できる能力がありますな。今日から各細胞の責任者と連絡して、職場別に相手方との接触場所と時間を決め、党の指示と各細胞での活動状況の報告を受けるようにしてください」

「オルグ〔訳注：組織指導員〕」としての役割を与えられたのだ。釜山で初めて与えられた私の任務だった。

すべての事業の進行成果は組織責任者を通して報告するように、という説明を受けた。組織指導員の任務を与えられた後、最も大変だったのは各職場にある細胞との連絡時間を組み、決定することだった。昼食時間に会う細胞も二カ所あったし、他のある細胞は二時から二時半に決めた。そうすると、今度は街頭細胞が問題だった。第四地区党の街頭細胞の数は一五個だったが、当時は今と違い交通の便が良くなかったため、職場まで合わせると三〇あまりにもなる細胞と連絡を取り合うだけでも並大抵のことではなかった。

組織指導員に任命されて真っ先にしたことは単位組織の検閲だった。ところが活動する細胞を検閲してみると、実にぶざまな結果となった。細胞の責任者でさえ、自分が何を任されているのかわかっていなかったのだ。惨憺たる気分であった。組織員たちは、自分が所属している党が何をするための政党なのか、党の基本方針は何であって、何を勝ち取るためのものなのか、などといったことさえも知らずにいた。党員として基礎的なことも知らない組織員たちに、どうやって対応したらいいのか。細胞に対して責任を持つオルグとして、暗澹とするばかりであった。たとえどんなに時間がかかっても、細胞組織を一つひとつ、新しく作りなおすのだという気持ちで取り組むほかなかった。そのためには夜間を利用して思想教養の時間を持ち、組織員を理論的なことから武装させていかなければならないと判断した。初歩的な労働者が対象だったが、根気強く努力すれば出来ないものはないはずだと考えた。

思想教養は第一に、私たちの党の基本方針を解説し、理解させること。第二に、私たちの党が現時点で何のために戦っているのかを教えること。そして次に、各職場別に企業主と労働者間の賃金調整に対する問題などを解決していくことを中心にしようと計画した。

　最初に思想教養をはじめたのはサイダー工場の組織だった。夜八時から九時までの一時間、思想教養の時間を持つ約束をした。ところが、最初の集まりから問題が起きた。時間に合わせて約束の場所に出向くと、私をもてなそうと細胞のメンバーが酒とつまみを支度して待っていたのだった。私は教養の講習をしようと約束したのであって、酒宴を催そうと約束したのではなかった。しかし、せっかくの誠意を無視してすぐに思想教養の時間に入るわけにもいかなかった。

「皆さんに、このような迷惑をかけようと今日の約束をしたのではありません。けれども皆さんが誠意を尽くしてこのような膳を調えてくれたので、教養の時間の後、一杯やりましょう」

　そして、すぐに思想教養の講習をはじめた。

「私たちの党は『反帝・反封建・民主主義』の実現のために戦う政党です。同時に、階級打破の旗印を高く掲げ、生産手段の個人所有を許さない、ということを目標に闘争している政党です。しかし、それはどこまでも基本の目標です。

　今、皆さんに反帝・反封建はわが組織の基本方針だと言いました。反帝は帝国主義に反対するという意味です。日帝三六年の間、わが国は日本の植民地化により、全ての富は日本が強奪、占有していたため、彼らの支配を受け、わが民族がどんなに沢山の収奪を受けたか計り知れません。そして、反封建の意味はこうです。封建社会制度のもと、農民は土地を占有している領主（大地主）の農奴として、言いなりになっていました。そのため農業の成果物は働いた農民のものではなく領主の資産になってしまい、農民に与えられる穀物はかろうじて延命できる程度の、わずかなものにしか過ぎませんでした。だから農民は生きていくことができなかったのです。

わが国では、貪欲で卑しい役人の搾取に対抗し農民たちが決起した一八九四年の甲午東学農民戦争が、まさしく反封建の蜂起を立証する闘争でした。そして民主主義とは、『民衆が主人意識』をもつことを意味します。

今、わが民族は民主的な力量で分断された祖国をひとつにしなければなりません。親日派と民族反逆者を取り除き、外国勢力の干渉なしに自主的な力量で統一政府を樹立しなければなりません。そのためには南北合意の下、自主的な意思によって選挙し、『自主的な統一政府』を樹立しなければならないのです。現時点で、私たちはそういった政府を建てるために戦っており、これがわが党の当面の目標なのです。

党員になった皆さんはこの点を深く認識し、統一の先鋒隊として自分の持っている全ての力を惜しまず捧げ、戦わなければならない栄誉ある戦士であるということを自覚してください。私たちの神聖なる愛国心と熱意を知る米軍政は、我が党を非合法政党に仕立て上げ、合法的な活動を出来ないようにしています。そのため、これから難関を克服し、闘争しなければならない私たちの前には、平坦ではない、非常に厳しい茨の道が横たわっています。私たちは闘争の過程で検挙されたときに備え、組織と同志に被害を負わせない対策を立て、問題が起きた時には、そこから賢明に抜け出す知恵を身につけなければなりません。

　これから先、上の線〔訳注：幹部層〕から検閲に来て、以上のような基本的なことを試験した時に皆さんが答えられなければ、それは皆さんと日常的に会う私の責任になるので、今日のこの講義内容を漏れなく頭に刻みこんでください。最後に、皆さんはこの時代の正義を勝ち取るために選び出された先鋒隊であることを自覚し、責任感を持って頂くようお願いします」

　このような内容で思想教養の講習を終えた。そして、せっかく準備してくれた食事に知らない顔をするわけにもいかず、一緒に食べた。私はまったく酒が飲めないので、つまみ何品かを食べたあと、組織員たちと一人ひとり握手をし、席を立った。

　区党常任委員には、第四地区党の責任秘書がおり、その下に組織責任者、宣伝責任者、大衆団体責任者まで、全部で四人いた。組織責任者は各細胞の担当オルグと各自の場所で会い、報告を受け、指示を与えることになっていた。当時、党が指導していた大衆団体としては、朝鮮民主青年同盟（民青）、民主愛国青年同盟（民愛青）、全国労働組合評議会（全評）、朝鮮民主女性同盟（女盟）、全国農民組合総連盟（全農）があり、港町である釜山には海員同盟が別に結成されていた。それ以外にも道〔訳注：行政単位のひとつ、日本の県にあたる〕、市、郡、面に各級の人民委員会が存在していたが、有名無実な状態だった。

私は組織責任者に会い、単位組織を組織らしくするには、まず組織指導員たちが担当している単位組織を点検し、名前だけの組織を新しくしなければならないはずだと具申し、承認された。

その当時は意識化された働き手を中心に単位組織を編成するのではなく、私的な関係を優先し、能力もない人々を中心に編成する場合もあった。そのような名目上の単位組織は闘争の報告をする際にも、実際は活動しなかった内容を偽って報告したりもした。私は地域党を活気ある組織にするためには単位組織を新しくすることが重要だと感じた。単位組織を指導する組織指導員という役割こそ、昼夜問わず働いても足りないくらい重要だと考えたのだ。

党が何をする場所で、私たちはなぜ組織を中心に団結しなければならないのか。また、上級党の指示を受け、何のためにその指示通りに活動しなければならないのかをとことん認識させることは、ひとえにオルグの粘り強い誠実な努力次第だといえるだろう。そのためには一にも思想教養、二にも思想教養だった。党の指示を貫徹するためにはまず自分が徹底的に理論で武装しなければならなかった。私はオルグ自身が知っている範囲内で、あわてることなく研究、工夫し、努力しなければならないという原則を作り、絶え間なく学習した。

二つ目の思想教養はイルギョン陶器工場の細胞を対象にしたものだった。通行禁止時間である夜の一一時までには終わらせないといけないため、いつも教養の時間は限られていた。イルギョン陶器工場は細胞の中でも一番大きい細胞で、労働者も影島の他の職場に比べて一番多かった。思想教養の時間に先立って私は以下のような話をした。

「イルギョンは日本人が経営していた個人所有の工場です。彼らは敗戦すると、わが国から得ていた全ての権利を放棄し、自国に帰って行きました。ですからこの工場は当然、この工場で働く労働者の皆さんが占有する権利をもっていると思います。これからこの工場は国家のものになるでしょうが、その過程は平坦ではないはずです。その時までは労働者が管理権をもって『管理運営委員会』のようなものを組織し、運営することが道理ではないかと思うのですが、皆さんの意見はどうですか」

そうすると労働者たちが言った。

「我々もそれを知らないわけではないのですが、既にその時期は過ぎてしまいました」

この工場で日本人の忠実な下僕をしていた者が、既に自分の名前で敵産管理庁に登録し、運営するとのことだった。

「この工場で働いていた人たちの中で、管理委員会の組織を考えてみたことはないのですか」

私の質問に彼らはため息をつくばかりであった。

「無知が恨めしいです」

管理委員会を組織運営しながら、統一政府が樹立すれば国家に還元させるとか、あるいはその時になって管理員会が中心になって働いていくことも出来たはずだが、本当によいチャンスを逃してしまったという思いに、私もまた恨めしい気持ちになった。

続いて行われたこの日の思想教養は、「現情勢について」という内容だった。

「三八度線以南では、まだ親日派の民族反逆者たちがうようよしています。米軍政は私たち民族の自主的な独立を黙殺しました。それだけではなく、日帝の植民地時代に日帝に追従して彼らの植民地生活を積極的に助け、同族の血と汗を収奪するのに同調した民族反逆者たちを自分たちの味方につけました。あらゆる分野で親日・民族反逆者たちを再登用し、わが民族の念願である統一政府樹立にあたって、この反逆徒党を先頭に立て、あらゆる方法を駆使し、我々を妨害しています。もし米軍政の思う通りになるなら、わが祖国は『独立した国家』でも『解放された国家』でもない『分断された国家』、あるいは『引き裂かれた国家』として残ることになります。結局のところ、米国に従属した国家と民族に転落してしまうのです。このような陰謀を止めるために戦う政党が、まさしく皆さんが所属している南朝鮮労働党なのです。このような事をやり遂げられる政党は間違いなくわが党だけであるということを皆さんは再確認しなければなりません。現在、米軍政の指示で構成された『過渡立法委員会』は、米軍政の陰謀を実現させるために組織されたもので、その構成員たちもまた、日帝の忠実な手先だった者たちが選ばれています。済州島で当選した二人の委員はこの事実を知り、親日派・民族反逆者たちとは一緒に働けないと、辞退声明書を提出し、そのポストを退きました。彼らは『南朝鮮過渡立法委員会』の構成目的がどこにあるのかを明確に知っていたため、そのポストを辞退したのです。南朝鮮過渡立法委員会には日帝下で祖国光復のために身を捧げ、闘争した本当の愛国者はただの一人もいません。米軍政はわが党を不法政党に仕立て上げたため、わが党の党員は選挙に参与することも出来なかったのです。これもまた、米軍政が南朝鮮過渡立法委員会の構成を親日派・民族反逆者の言うことを聞く国内反動分子たちで埋めるための陰謀であり、策略だったのです。

わが国が植民地時代だった過去を思い起こしてください。朝日併合になってから、慣れ親しんだ故郷と家族を残したまま日帝に抗い、国内の地下組織で、国境地帯で、あるいは満州の原野で、祖国光復のために戦い倒れた戦士たち。この戦いは愛国愛族の血がたぎる戦士でなければ到底果たすことの出来なかったものです。彼らはただ一つの良心、祖国の光復に対する崇高な愛国心に満ちていました。『愛国愛族の精神』こそ、いかなる物とも比べられない崇高な革命精神といわずして何と言えるでしょうか！

革命は特殊な人、数人によって行われるものではありません。正しい意識と自覚した人であればだれでも、国の独立のために民族解放の前線で驚くほどの威力を発揮することが出来るのです。私たちの歴史には売国奴と呼ばれた悪党たちがいます。彼らはだれだと思いますか。朴(パク)齊純(ジェスン)、李址鎔(イジヨン)、李根澤(イグンテク)、李完用(イワンヨン)、權重顯(クォンジュンヒョン)は、五賊〔訳注：乙巳(ウルミ)五賊とよばれ、一九〇五年、乙巳条約を締結するのに大きな役割を果たした〕と呼ばれているではありませんか。彼らは個人の欲望を満たすために、二千万民族の生命と財産と人権と領土まで日本に売ってしまった恥知らずの悪党です。解放されたわが祖国にこのような者が再び現れないよう、私たちはすべてを賭けて自主的な独立を勝ち取らなければなりません。このような歴史的事実を知った上でも、『なるようになるさ』と、現実を傍観しますか。皆さんは、皆さんの覚醒と実践次第で売国奴にも、愛国者にもなれるのです。傍観者は売国、実践者は愛国の道に立つのです。皆さんはどちらの道に立ちますか！」

講義の終わりに組織員にたずねてみた。

「実践の道に立つ、という人は手を挙げてください」

すべての人が手を挙げた。

思想教養の時間が終わると、単位組織責任者が近寄ってきて、

「先生が大変なことをされているのを初めて知りました。これから先、もっと頑張って働きますので頻繁にこのような時間を作っていただけたら嬉しいです」

と言った。

「皆さんが熱烈な独立戦士になる時まで運命を共にするのが私に与えられた任務ですので、このような時間を持ちたいときはいつでも伝えてください」

私は党員にこう言うと、その場を離れた。

職業革命家というもの

故郷にいたときとは違い私は住居問題、食事の問題を自ら解決しなければならない「職業革命家」というものになったのだった。そう思うと、他の組織指導員たちの暮らし向きに思いが及んだ。どんなに情熱を注いで働いても、区党からは一回分の飯代も出なかった。すべての問題は現場で解決するのが原則だった。あるオルグは三日間食事がとれず、組織を離脱することもあった。言葉にするのは簡単だが、職業革命家とはたやすい仕事ではなかった。現場ですべてのことを解決しろという言葉は理論上では正しい。しかし、それは決して容易なことではなく、たとえ理論と行動が徹底していても、自分が働かなければ家族の生計が大変な立場にありながらも組織に献身しなければならないオルグの任務は難題中の難題だった。

私もまた故郷の済州島にいるときは家族が農業をしていたため、組織の活動に専念することが出来たし、時間が経つと成果もあがった。ところが、ゴロツキのような売国奴たちのせいで故郷を追い出されてからは、慣れない土地で経済的な支えもなく、試練に試練を重ねる境遇に陥ったのだった。といって活動を中断するわけにはいかなかった。これから先、もっと活発に活動するにも経済的に私を理解してくれる同志を作ることが重要だと考えた。わが国を本当の独立国家にするためには、一線で戦う戦士に金のある者は金を、力ある者は力を、知識のある者は知識を出せと言った、ある革命指導者の言葉が思い出された。また、すべての組織家は大衆の中で働かなければならず、大衆から信頼を受けられなければ本当の組織家とはいえない、といった言葉も思い出された。

しかし家族全員が一部屋で寝起きし、雀の涙ほどの収入でやっと暮らしを立てている組織の構成員に、どうやって頼ることができよう。区党にも依存できず、現場にも依存できない場合、いったいどうしたら良いのか。支援者を探さなければならないはずだった。私は支援者を探した。私を支援してくれた人は私と同じ年で、同じ故郷出身のオ・ヨンイルという友人だった。彼は私が何をし、何のために故郷を離れたのか、その内情まですべて知っている友だった。オ君は六・二五〔訳注：朝鮮戦争のこと〕まで、日本と密貿易をして生計を立てていた。オ君は私にとってかけがえのない友人だったが、六・二五のときに、所有していた発動船に乗って日本へ脱出しようとして事故に遭い、永久に行方不明になってしまった。対馬海峡で日本の海上保安監視船にひっかかると貴重品を体に隠し海に飛び込んだのだが、陸地までの距離を測り違えたせいか、そのまま行方不明になってしまったのだ。

私の生活費は全てオ君から出されており、そのお金を自分がすべて使うのではなく、他の友人たちと分けて使った。住むところは日本人の家を占有していた同郷のキム・ヨンソ氏の家だった。私は大きい部屋を一人で使った。そんなある日の午前一時頃、道警察局刑事隊の襲撃にあった。一九四七年の初秋であったと思う。このころは警察第一主義、あるいは眼下無人ともいうべき頃で、法的な手続きのようなものは完全に無視されていた。いうならば警察の身分証自体が法と同じ時代だった。

刑事は家に住んでいる人を一部屋に集まるよう指示すると捜索を始めた。

その家はコの字型になっており、一番中側の最初の部屋には私の甥夫婦が住み、その次の部屋にはコ・ソクボという漁業組合に勤務する同郷人が住んでいた。私はその次の広い部屋を一人で使っていた。そのとき私は、たまたま廊下に向かったドアの側に座っていた。それで、ドアをこっそりと人一人逃げ出せるほど開けておいた。コ・ソクボ氏の部屋では刑事がコ氏に本棚を開けろと強要し、それに対してコ氏は開けられないと対立していた。ある刑事が、「開けろと言えば開けたらどうだね。なぜそんなに文句がある！」と擦ったもんだした末に、拳銃でコ・ソクボ氏の顔を殴りつけたせいでコ氏の目の左側が裂け、血が流れ出した。すると、すべての人の目が彼に集まった。そうして部屋の空気が騒々しくなったとき、私は静かにドアの外に逃げ出し、音をたてないように廊下を歩いた。台所の方に行くと靴を履き、台所のドアを開けた。生け垣の側の二メートルの塀に手をつき、その家を逃げ出そうとしたとき、「コ・チョンス！　コ・チョンス！」と私の名前を呼ぶ刑事の声が聞こえた（コ・チョンスとは、当時、私が使っていた仮名だ）。しかし、私は振り返ることもせず一気に走りだした。そして、その家から百メートル程の場所にある同郷の人の家を訪ね、成り行きに任せて寝てしまった。夜が明けると区党の宣伝責任者であるプ・ソンオン先生が訪ねてきた。私より二歳年上の先生は普通学校では一年後輩だった。遅くに日本の明治大学法学部を卒業し、日本軍の学徒兵として徴兵されたが、解放を迎えて帰郷した。プ・ソンオン先生は済州島で三・一事件後、裁判所にスパイとして入り込んで働いたが、身分がばれると釜山に逃避し、四地区党の宣伝責任者として活動していた。後に、検挙された宣伝部員が拷問に耐えられず連絡場所を吐いたせいで彼も検挙され、残忍な拷問を受けたが最後まで組織を守り、自分の身分も明かさなかった。宣伝部員は三年の刑を宣告され、プ先生は一年六ヶ月の刑を宣告された。先生は控訴した。その後大邱（テグ）に移されたのだが、六・二五が勃発するとそのまま虐殺されてしまった。控訴を諦めて釜山に留まっていれば生きていただろうに、控訴のためにその貴い命まで失ってしまったのだった。

明け方の危機から脱出した私は宣伝責任者のプ・ソンオン先生の所で三日間かくまってもら

い、区党の責任者が来るはずなので伝えてほしいと頼むと、その日、一日中寝た。この脱出劇が私が釜山で経験した初めての試練だった。

ところで、なぜ私の住んでいたところに刑事たちが訪ねて来たのか。私はよくよく考えてみた。それはどうも、前日に私が起こした小さな失敗のせいだった。

刑事たちが訪ねて来る一日前、宣伝責任者が指導する朝鮮民主女性同盟と連絡をやり取りする際、トラブルが発生した。そこで、私は私と同じ所に住んでいた甥の嫁に、問題が起きた家に行き動静を調べて来いと使いに出した。ところが、甥の嫁に刑事の尾行がついていたのだった。その家に行くとき、十分な「技術的な防備」なしに使いを送ったのが原因だった。技術的な防備とは潜伏した刑事を撒くための作戦で、この路地あの路地とほっつき回った末に、刑事の目を避けて自分の住んでいる所に帰るというものだった。そうしていたなら何も起きなかっただろうに、甥の嫁がトラブルの起きた家からまっすぐ家に帰って来たのが失敗だった。非合法の条件下、敵の目をあざむくことがどんなに重要かを深く思い知らされた事件であった。

影島（ヨンド）の有名な接触場所——化学ロータリーと二度目の試練

一九四七年頃の釜山の影島には、現在の釜山大橋がある場所にロータリーがあった。そこには日帝の時代から化学工場があったので化学ロータリーと呼ばれていた。化学ロータリーは、いわゆる四通八達〔訳注：道路・交通・通信などが四方八方に通じているところ〕の交通の便利なところで、人々が大勢集まっており、私たち組織員も街頭で連絡する折、よく使う場所だった。このロータリーには釜山毎日新聞の掲示板が設置されており、毎朝その日の新聞を掲示板に張り付けていた。

ある日、区党の常任委員会に参加するためロータリーに行った。ところが時計を見ると十分程早く、暫らくの間、掲示板に張られた新聞を見ながら約束の時間を待っていた。私の背中を叩く人がいるので振り返った。一人の男が自分は刑事だと明かしながら、

「ちょっと話したいんだが……」

と言う。

彼に連れて行かれた所は、床がコンクリートになった少し広い所だった。そこには既に二人が膝をついて座っていた。その人たちをよく見ると、そのうちの一人は師団のオルグだった！私たちはお互いを知っていたが、知った振りをしてはならなかったので、ひたすら無表情で座っていた。

「ただの通行人に一体何事ですか？」

私は抗議した。すると、申し訳ないが少しの間、自分たちに協力して欲しいとのことだった。

調査することがあるので影島水上署まで同行してくれとも言った。その場の雰囲気から、文句を言ったところでそのまま解放してくれそうもないので、仕方なくそのまま水上署までついて行った。ところが彼らは複雑な市場の路地を不必要にぐるぐる回った。わざと私が逃げ出しやすい道を選んで引き回しながら、私を試していたのだった。相手の意図を読んだ私は逃亡する気がまったくないような素振りをしておとなしくついて行った。

水上署に到着し、入ったところは二階の取り調べ室だった。係りの者が椅子を持ってきてくれたので座っていると、後ろ側から音もなくドアが開いた。気付かない振りをしてガラス窓に映った影をこっそり見ると、その影が首を横に振った。この人間ではない、という合図だった。刑事は私に近寄って来ると、私の手帳に書かれた数字についてたずねた。数字ごとに「投」と「散」と単位が書き記されていたためだった。実は、この数字は宣伝用のビラの枚数をメモしておいたものだった。「投」は家の中に投げ入れるビラの数で、「散」は道端でばらまく数字だった。しかし私はしらを切った。

「それらは網の代金を記したものです。そんなものまであなたたちが知る必要はないので、説明する気はありません。手帳を返してください」

すると刑事は謝りながら、行ってもよいと言った。水上署から出て常任委員会のアジトに行くと、同志たちは私を待っていた。これが釜山で経験した二度目の試練だった。

七・二七人民大会の成功のために

一九四七年七月、ソ連と米国は「米ソ共同委員会」を開くことで合意した。これを成功させるため、南朝鮮では民衆の意思を反映するべく連判状闘争を起こすことにした。私たちの党は「米ソ共同委員会に提出する連判状闘争」のために全党員が目の回るほど忙しく過ごしていた。私と私の従弟、キム・スンファンは巨済島（コジェド）と欲知島（ヨクチド）にまで行き、米ソ共同委員会の成功のための支持宣伝をし、賛成する人々の名前と印を押してもらった。百パーセント満足できる成果を上げることは出来なかったが、一生懸命働いたおかげでその効果は十分に期待できるものであった。

統營（トンヨン）から船で釜山に来る道中だった。おそらく鎮海（チネ）前くらいだったろうか。船のスクリューが故障し、私たちは釜山ではなく鎮海港に引き戻された。当時の私たちの手持ちの金は旅館代にもならなかった。だが幸いにも夏だったのでそのまま船で寝ることにした。船の甲板にはふかふかとした叺（かます）が沢山積まれていた。それを平らに並べて整頓していると、持ち主がやってきて意外なことを言う。

「今晩ここにいらっしゃるつもりなら、この叺を守っていただけませんか」

「一体この叺の中に何が入っているのですか」

「熟知黄です。中国から持って来た物ですが、わが国では貴重な漢方の薬剤です。いくら食べても構いませんから一日だけ番をしてもらえませんか」

私たちは承諾した。夜になるとお腹もすき、熟知黄を開け少し味見した。柔らかくて甘いところが飴に似ていた。熟知黄をこぶしくらいに固めて腹いっぱい食べた。私が今日まで長く生きていられるのも、きっとこの時に食べた熟知黄のおかげではないかという、おかしなことを考えたりもする。

一九四七年七月二七日、南山とソウル運動場では米ソ共同委員会代表のストイコフ大将とハッチ中佐を歓迎する大会が開かれた。その日の新聞には「南山の歓迎大会で、童顔の少女が二人に花束を手渡すと、ハッチ中佐は淡々と受け取ったが、ストイコフ大将は花束を捧げる少女を抱き上げ、頬にキスをし、ありがとうと挨拶をした。それはとても印象的だった」という記事が載った。米ソ共同委員会に対するストイコフとハッチの愛情もこのくらい違った。この記事はその後も繰り返し人の口にのぼり、話題になったりもした。

同じ日、釜山の九徳運動場でも歓迎大会が開かれた。大会に集まった群衆は一九万人と発表された。九徳運動場は足の踏み場もないほどの超満員だった。少しばかり夕立が降ったりもしたが、集まった群衆はびくともせず講演者の言葉に耳を傾けた。講演者は道人民委員会委員長の資格で壇上に上がったオ・ジェイル先生と道女性同盟委員長であるクォン・ウネ女史であっ

た。オ・ジェイル先生は演説のなかで、

「解放後、今日に至るまで涙ぐましい闘争と沢山の犠牲があったにもかかわらず、最後まで屈せず戦う同志たちに大きな賛辞を送ります。愛国的な人民の支持、声援があってこそ、今日この大会を成功に収めることが出来ました」

と語った。九徳運動場に割れんばかりの拍手が沸き起こった。

この大会を開催するのに多くの役割を担った済州島出身の党員たちは、人一倍感慨深かったにちがいない。なぜ済州道ではこのような大会を組織できないのか！という鬱憤が溢れ出たのだった。この瞬間にも、故郷の済州道では米軍政の手下どもと私たちの同志が追いつ追われつの死闘を演じているかと思うと、やり切れない痛恨の感情が沸き起こってきた。

米ソ行動委員会を成功させるための闘争の真っただ中だった一九四七年八月、私は第四地区党の責任秘書だった。第四地区党の責任秘書時代に起きた、ある事件を振り返ってみようと思う。

その当時、私たちは党の財政問題を解決するためにさまざまな知恵を絞っていた。あれやこれやと思いをめぐらした末、済州島終達里の党細胞の責任者だったが釜山に身を隠していたハン・ソクボム同志と、牛島の党細胞部の元責任者で、今は釜山に身を隠していたキム・スンファン同志の二人を日本に密航させ、船を一隻買い入れた。その船で北とこっそり貿易をはじめ、そこで得た利益で党の財政を補填しようと計画し、二人の同志を日本に密航させたのだった。ハン・ソクボム同志の母が日本で結構な大金を稼いだというので、ハン同志を信じての断行だった。

　この計画は成功した。「サムブ丸」という船を買い入れ、無事に釜山まで持って来ることが出来た。その船で南側から油を乗せ元山（ウォンサン）に持っていくと、元山では代わりにスケトウダラを船いっぱいに積んでくれた。それを蔚山（ウルサン）で売り、利益を得た。最初は北が信じてくれるかどうかわからず、地区党が発行した信任状を持って行った。最初の取引の結果、油代の倍にもなる収益を上げることが出来た。サムブ丸のおかげで、初めの頃は党の財政がすこし豊かになった。

　九月初旬のころだったと思う。修理のためにサムブ丸を影島の水産試験場前の波止場に停泊させた。私は涼みついでに船の機関室の甲板で眠っていた。ところが突然夕立がやってきた。雨に降られまいと急いで船長室に入ろうとしたところ、その雨で足を滑らせ、足首を挫いてしまった。翌日、接骨院に行き、あんまや針、そしてクチナシをすって挫いたところに塗ったりもしたが、簡単には治らなかった。そこでその日は宣伝責任者のプ・ソンオン同志の家で一晩過ごすことにした。原則では非合法条件下、同志が一カ所に集まって寝るのは禁物であった。だが体が痛いというのを口実にその原則を破ってしまったのだった。

　その日の夜、零時を過ぎてしばらくぐっすり眠っていると、だれかがドアを叩いた。家の主人が誰だと大声で叫んだせいで私たちも目を覚まし、目を凝らしてみると釜山で殺人鬼として名の知れたハン・ミョンソク刑事だった。私はとても慌てたが、それでも自分を信じ大きな声でたずねた。

「あなたは何者ですか？　この夜中にぐっすり寝ている人間を起こし、一体何の騒ぎですか」

「我々は道警に勤務している警察官だが、犯人を追っていたらこの近所で見失ってしまい、迷惑をかけるが、ちょっとあなたの身分を確認したいので協力してほしいのだが」

「まずあなたから身分を明かしなさい。あなたの身分を確認した後、私の身分を明かしましょう」

私の身分を確認するためには自分の身分を明かすのが道理だと考えたのか、ハ刑事はおとなしく身分証を出して見せた。私もでたらめの新聞記者証を見せた。記者証の本籍地は北の清津になっており、コ・インチョルと書かれていたためハ刑事は特に疑う様子もなく出て行った。それもそうだろう。当時は本籍地が北といえば無条件に通過させていた時代であった〔訳注：北の体制が嫌で南に非難してきたという理解から〕。刑事が去って大分時間が経ったとき、家の近所から人のいる気配がした。近寄って誰なのかたずねると、女性同盟の責任者だという答えが返ってきた。私たちが寝ていた家の空き地には線路の枕木が乱雑に高く積まれていたのだが、ハ刑事に追跡されていた女性同盟の責任者は、その隙間に入って身を隠し、危機を逃れたのだった。これが釜山市党第四地区党で私が経験した三度目の試練だった。

一九四八年二・七救国戦争

年が明けると、私たちの活動もより忙しくなった。南朝鮮で行われる単独選挙のためだった。何を犠牲にしてでも、この選挙をくいとめなければならなかった。わが民族が生きるか死ぬかの戦いであった。それは五・一〇単独選挙が、米国とその手下たちによって一つの祖国、一つの民族を永久に二つに引き裂き、自分たちの野望を満たすための陰謀であったからだ。区党の宣伝部は忙しくなった。

当時私たちが宣伝用に使用していた紙は、慶尚南道などで作っていた晋州紙(チンジュ)と亀浦紙(クポ)であった。ところがこれらは全部が全部、表面に砂が付いていて、五〇枚ほど刷ると謄写版の原紙に穴があいてしまい、たくさん刷ろうとすると原紙の砂をこそげるのに多くの時間がかかり、ひと苦労だった。謄写作業をするときには、物さしで紙の平面をこすり砂を払い落したりした。そうして整えた紙を使うと原紙一枚で百枚以上謄写することが出来た。

ある日、私は父方の従姉の家の空いた部屋を三日間だけ使わせてもらい、そこに宣伝部のアジトを作って仕事をはじめた。謄写作業を手伝ってくれたのは普通学校の同期生で城山浦(ソンサンポ)の細胞責任者だったコ・ヨンジン同志だった。コ同志は私より二歳年上で、済州島での西北青年団の弾圧を避け、釜山に来ていた。私が原紙をこそげ、コ同志と宣伝部員は紙についた砂を払い落し、ビラと宣伝文を作成した。宣伝文は次のようなものだった。

影島(ヨンド)の人民に

五月一〇日の選挙は、わが国の三八度線を中心に南朝鮮でのみ行われるものであり、この選挙は南北を引き裂くための選挙です。引き裂かれた朝鮮の南の地を米国に隷属させるための反民族的な選挙です。影島の愛国同胞の皆さんはこの売国的な選挙に参加してはなりません。もしこの売国選挙に参加するなら、皆さんは知らないうちに売国奴になってしまうのです。それだけではなく、今、南朝鮮には地域の選挙を監視するため、国連が派遣した選挙監視団が来ています。これらは米国に従属した代表たちであり、その監視団の団長はインドのメノンという者です。彼は李承晩(イスンマン)〔訳注：当時の大統領候補〕のプレゼントを喜んで受け取りました。また、李承晩の養女であり安浩相(アンホサン)の妾である毛允淑(モユンスク)と同衾した者であり、米国の手先です。一個人の政権に対する欲望に犠牲になった毛允淑は、日帝時代、天皇に忠誠を誓った親日派です。祖国が解放されたにもかかわらず、米国に追従し、売国だけでなく売春までしているのです。影島の愛国市民の皆さん！　愛国愛族の隊列に立ち、売国奴の陰謀を振り払わなければなりません。

そのビラを五千枚ぐらい刷るのに私たちは三日間も徹夜しなければならなかった。私たちはそのビラを箱に入れ整理し、板の間の床下に隠した後、秘密連絡網を通じて組織部と連絡を取るとその家を離れた。

二月七日の明け方四時、釜山港に停泊中だったすべての船が一斉に汽笛を鳴らした。この汽笛の音は静かに眠っていた釜山港を驚かせた。今まで交えてきた闘争を総決算でもするかのように一分間鳴り続けたこの音は、単純な汽笛ではなかった。民族の希望に満ちた明日を念願する熱い火花であった。荘厳な汽笛の音は、今まで黙々と闘争を準備してきたすべての組織員にこの上なく大きな感動を与えたのだった。汽笛の音は重なりあい、実に美しい音楽に変わった。大きい船の汽笛は荘厳そのものであり、小さな船の汽笛はそれに合わせた和音のようで、僅かな時間しか味わえないことが惜しいくらいだった。だが、それも組織の被害を減らすための上級党の配慮によるものであって、刑事の襲撃を避けるためには仕方なかった。

釜山の天馬山(チョンマサン)、影島の蓬莱山(ボンネサン)、大新洞(テシンドン)の九徳山(クドクサン)、水晶洞(スジョンドン)の龜峰山(クボンサン)、門峴洞(ムニョンドン)の荒嶺山(ファンニョンサン)の山嶺と東萊(トンネ)の金井山(クムジョンサン)から狼煙(のろし)がモクモクと立ちのぼった。汽笛による一分間の音楽と釜山をぐるりと囲んだ山嶺から燃えあがる狼煙！　それは、南朝鮮の単独政府樹立のために米国の手先役をしていた国連選挙監視団にとっては胸を突く短刀であったはずだ。しかし惜しくも、このことによって影島の区党では組織責任者が検挙される不幸な事態が発生した。

釜山(プサン)での四番目の試練

検挙された組織責任者は私たちがビラを作成するために三日間借りていたアジトを白状した。すぐにその家は刑事の襲撃を受けた。しかし私たちは既に部屋を空にし出て行ったあとだったので、襲撃は徒労に終わった。すると刑事たちは従姉を水上署に引っ張っていき、空のドラム缶に水を入れ、頭を水の中につける拷問を加えた。部屋を借りて使った人の居所を話せ、ということだった。その頃の私には定まった住まいがなく流れ歩いており、従姉もその事実をよく知っていたので、私の住まいをはっきり話すことができなかった。だが刑事は情け容赦なかった。拷問が続くと従姉はひとときでも拷問から逃れたいと、私の従妹の家の場所を話してしまった。

私はそんなことも知らず、夕食時、従妹の家を訪ねて行き、夕食を食べさせてもらうと独立新聞を読んでいた。すると突然、玄関に六、七人の刑事が押し入ってきた。見慣れたハ・ミョンソク刑事が見え、他の刑事たちの後ろに従姉の乱れた髪の毛と真っ青な顔が見えた。もうこ

れ以上逃げるのは無理だと断念し、心の準備をしながら刑事に向かって、

「何事だ！」

と声を上げた。従姉の表情は彼らが望むとおりに話してくれと切実に訴えているようだった。そんな従姉をよく見ると、服が全部裂かれており、顔も恐怖に怯えてがたがた震えていた。その光景に憐れみの気持ちが湧き、まさしく私があなたたちの探している人物だ、と言おうと決心したとき、チャガルチ市場で魚屋をしている従妹が大胆に前に進み出た。

「あなたたちは何の理由でこの人を連れてきて、いったい何の捜査をするというの！」

と大声を出すと、ある一人の刑事が私を指さし、

「この人か、それとも違うのか？」と従姉をせき立てた。従姉は首を横に振った。

刑事たちが戻って行くとき、よく見るとハ・ミョンソク刑事が着ているオーバーに見覚えがあった。その瞬間、キム・ヨンソ氏の家で甥夫婦と一緒に住んでいて襲撃された、あの夕方のことが思い出された。私が脱出すると、ハ・ミョンソクが私の部屋にかかっていたオーバーを羽織りながら、

「コ・チョンスに会ったら返してやる」と言ったというのが、まさにその服だった。

刑事たちは帰って行った。従姉に対して本当に申し訳ない気持ちになった。しかしどうしようもできなかった。大義に死に、また生きようという人間が、そんな軟弱な精神では、今後、

数多く訪れるであろう難関をどうやって克服できるというのか。このときは従妹の驚くばかりの大胆さが私を救ってくれたのだった。刑事たちが出て行くと私はただちに従妹の家を出て影島橋を渡り、富平洞（プピョンドン）の方へ歩いて行った。組織責任者のせいで起きたこの事件が、釜山で経験した四番目の試練だった。

第一地区党の責任者に

　正確には思い出せないが、一九四八年六月頃だったはずだ。道党のオルグ、チョン・チルソン同志が訪ねてきた。第一地区党の責任者に決定したので第一地区党の地域に住居を構えるようにとのことだった。済州を離れた後、初めて腰を落ち着けた影島はいろいろと危険なことを経験した場所でもあったが、それでも故郷の友達も多く、慣れ親しんだ土地だったので離れるのが嫌だった。しかし、どうしろというのか。組織の命令なのだ。私たちはただひたすら党の命令に従って行動しなければならなかった。革命家に慣れ親しんだ故郷はあってはならなかった。

　チョン同志が案内したところは北部新警察署の裏側の臨時アジトだった。そこで第一地区党の図面を開いて検討をしてみたところ、影島区の党が抱えているという問題は、私に言わせれば問題にもならなかった。チョン同志は草梁を境界線に、水晶洞、佐川洞、凡一洞、西面、釜田洞、堂甘洞、門峴洞、沙上、巨堤里、伽倻までの、工場細胞七〇個と街頭細胞三五個の全てを管理しろというのだった。組織責任者と宣伝責任者が市党から来ることになっているのですぐ準備しておけとのことだった。呆然としたが、唯一私の希望だったのは、江東政治学院出身のピョン・ジョンサン同志だった。幸いにもこの同志がある程度の細胞と連絡できる人脈を知っていると言ったからだった。

　第一地区党の事業は私が初めてぶつかった試練であった。砂漠に一人ぽつんと立たされた気分だった。しかし、党の事業に不可能ということはない、人が住んでいる場所ならどこでも組織活動をすることができるのだと思いながら、気持ちを落ちつかせた。そこまで考えると、私に訪れるであろう厳しい試練と難関にも正面から立ち向かい、勝たなければならないという勇気が生まれた。どんなに良い条件を備えた土地であっても、種をまき、肥料を与え、病菌や昆虫による害から守る人間の努力なしには必要な穀物を与えてはくれないのと同様、私たちに与えられた組織闘争も活動家の身を削る努力なしには成し遂げられないのだった。それこそが唯物弁証法ではないか。進歩は物質の運動形態だということ。ピョン・ジョンサン同志に従って一つひとつ人脈を作り、連絡網を開拓し始めて一ヶ月。私はその仕事を完成させた。

　私はいつも細胞を開拓するとき、最も重要なことは思想教養事業だと考えていた。新しく細胞を開拓するときはいつも思想教養活動を前面に押し出した。連絡網を復旧し、思想教養事業を強化し……、何が何だかわからないくらいとても忙しい時間が過ぎた。複雑な街頭細胞にまで完全に関係を結び、教養事業をはじめたときにはすでに二ヶ月あまりの時間が過ぎていた。工場細胞七〇個と街頭細胞三五個が単線の組織としてほとんど完成するころには、組織責任者と宣伝責任者、そしてレポ〔訳注：組織内の連絡要員〕が降りてきた。このころの私は、まるで市党の試験台に上がったかのような気分だった。その当時の状況から見ると、そう考えるのも無理からぬ話だった。

私たちのアジトは、朝鮮紡織工場の後門側にあった。組織責任者は労働者出身の若者で、宣伝責任者は前科者であるキム・チュングク同志だった。

私は組織責任者に、各細胞の責任者に会うたび教養の時間を持ち、政治思想教養、いうならば民族意識と階級意識を身につけ、とことん武装させることを怠ってはならないということを強調した。また宣伝責任者にも、組織責任者とよく相談しながらよい教材を持って細胞教養に行くようにと督励した。

麗順(ヨスン)軍蜂起支持闘争と逮捕の危機

一九四八年一〇月一九日、麗水(ヨス)に駐屯していた一四連隊の軍人たちが蜂起する事件が起きた。済州島で起きた四・三抗争を鎮圧し同胞を虐殺しろという命令を拒否して勃発した一四連隊の軍蜂起は、民主団体の会員、愛国の学生たちと手を結び、翌日、麗水邑(ヨスウプ)の行政権を完全に接収した。

「済州島民の愛国的な闘争を鎮圧しろという命令を受け入れるのか、それとも反民族的な暴力政権に反旗を翻すつもりなのか」という二者択一を迫られた愛国軍人たちは、命をかけ反対の旗を選択したのだった。

麗水の軍蜂起は民衆の力も加わりながら、順天(スンチョン)、寶城(ポソン)それに光陽(クァンヨン)地域にまで広がっていった。けれど、再び米軍政とその手下たちは凄惨な民衆虐殺を行い、麗水は蜂起五日目の二三日午前、鎮圧軍によって占領されてしまった。このとき虐殺された民衆の数は李承晩政権が発表した縮小されている資料でも六千あまりになる。麗順の蜂起に参加していた武装兵たちは、後に大挙して遊撃隊〔訳注：ゲリラ〕に参加し智異山(チリサン)に入山すると、南朝鮮全域で武力抗争の火の手を拡散させる架け橋の役割を担った。

一九四八年一一月三〇日、麗順の軍蜂起支持闘争を展開しろとの指令が下った。

「済州四・三抗争は祖国が真の独立を勝ち取るための闘争であり、この闘争を鎮圧しろという命令に対し反政府の旗を掲げて起こした麗順の軍蜂起は愛国的闘争だ。この蜂起を支持するというビラを作成し職場別にデモを展開せよ」

当時、党の軍事部門の責任者はイ・ジェボク、副責任者はチェ・ナムグン、軍のスパイ係りは朴正熙（パクチョンヒ）だった。朴正熙は責任者と副責任者を密告することによってその罪が無期に減刑されると、次には自分が抱き込んだ将校まで密告することで釈放された。しかし軍事部門総責任者と副責任者、朴正熙に包摂された将校たちは死刑になった。後日、このような朴正熙という者が大韓民国の大統領になるとは、スペインのフランコも鼻で笑うことだろう。

当時南朝鮮の全域では、イ・ジェボク、チェ・ナムグンの二人の同志の死刑執行を阻止しようと全党的なビラ活動が展開されたが、力不足であった。私は党の支持闘争を展開しろとの決定事項を伝達され、今まで積み上げてきた第一地区党の組織の力量を測るよい機会だと考えた。反面、多くの犠牲も覚悟しなければならなかった。そのため私は上層部の指示に対し深く悩むことになった。

職場ごとに闘争をしたのでは効果を得ることは難しい。かといって一緒に闘争を起こせば組織の犠牲も大きくなる。組織の犠牲が大きくなれば組織を信じる細胞員たちが失望するかもしれない。ではどうすればいいのか。党の指示は絶対的なものだ。闘争するための準備に着手するほかにない。

　ビラを作成する宣伝責任者は前科がある上に、はげ頭で目につく人物だった。それで組織責任者とレポを呼び、宣伝責任者が家の外に出ることのないようにと注意を促した。加えて、ビラの散布時間と各細胞に配るビラの枚数などを間違えないよう点検し、執行するようにと言うと、私の担当していた細胞に行き組織員たちと一緒に約束の時間を待っていた。ところがどうしたのか、一〇分が過ぎても連絡がなかった。一分、二分……、さらに五分が過ぎても連絡がなく、あせりはじめた。一〇分と五分、合わせて一五分が経過しても連絡がなかった。

　事故だ！　運搬する途中にトラブルがあったとすれば、ここが危ない。私をはじめとする組織員たちにも多大な被害をあたえることになる。ここで間違った判断を下し行動すれば、自殺するのと同じだ。慎重に、しかしすばやく動かなければならない。

　闘争は一旦中断し、解散することにした。アジトを出て門峴洞（ムニョンドン）の山の中腹にひかれている汽車の線路に沿って歩いた。その汽車の線路は朝鮮紡織の専用線であったため、その線路に沿って歩けば朝鮮紡織の正門まで行くことができた。線路に沿って歩きながらアジトの様子をうかがった。いつもより静かで、しんと静まり返っていたため直接アジトに向かわず、アジトの周辺にある掘っ立て小屋の床屋に行き、髭そりをしながら様子を見ることにした。椅子に座って髭をそっていると、突然、刑事のような人間が入って来て粗っぽい口調でたずねた。

「この家の主人で、はげ頭の年寄りはどこに行った？」

「私たちは土地を借りて掘っ立て小屋を立て、床屋をやっているだけです。そんな人間がここの主人がどこに居るのか知っているとでもお思いですか？」

　床屋の主人が慌てて言った。

「こいつ、へらず口を叩くんじゃない！」

　求めている答えが得られないと刑事は床屋の主人に足蹴りをした。刑事の態度というものは昔も今も同じだ。日帝の頃と少しも変わらない。まさしく横暴そのものだった。

　私は不安になり、髭そりをやめて床屋を出た。一網打尽にあったのは明白だった。同志が捕まって一刻も経ずして刑事たちがアジトを訪ねてきたことから推測すると、同志が拷問にあってアジトを吐き、宣伝責任者の人相まで詳しく話したに違いなかった。宣伝責任者と床屋の主人は見分けがつかないほど顔も似ていて、はげ頭も同じだった。そのため刑事は宣伝責任者と床屋の主人を混同したのであった。

　第一地区党の宣伝部のポストがどんなに重要なポストなのか分かっていて、顔の知れた前科者を送って来たのか！　心のなかで憤りが爆発した。

　私は床屋を出て三和（サムファ）ゴム工場の左側の橋とつながった西面（ソミョン）通りに向かった。警察のジープが一台、私の後をついて来ていた。私はそのことを意識しながらも前だけを見て歩いた。エンジンの音が止まると一人の刑事が自分の身分を明かしながら私に近寄って来た。

「どこに行くのですか」

「西面にいるヒョク・シンボ社長に会いに行くところですが……」

身分証を要求する刑事に、私は偽造し、持ち歩いていた「大韓民報慶南支局記者証」を提示した。実に緊張した瞬間だった。

「今日、この地域は準戒厳状態です。協力するつもりで北部新警察署まで同行してくだされば有り難いです」

刑事が頼むような口調で要請した。

「何事かわかりませんが、頼み方が丁寧なので署まで同行しましょう」

私はジープに向かって歩いた。ところが私に同行を促した刑事がジープの中にいた班長のような人に叱責されていた。班長はすぐに私のほうへ来ると、

「すみません、失礼しました。そのまま用事を済ませてください」

そのまま行けというではないか！　もし私に新聞記者の証明がなかったなら検挙されていたかもしれない。偽造した大韓民報慶南支局記者証一枚が危機から私を救ってくれたのだ。後日、私を救ってくれたこの班長に再び検挙されたのだから、これも運命のいたずらだろうか。その者の名前はアン・ヨンセ、職責は巡査部長であった。これが私が釜山で経験した五回目の危機

だった。

それから数日後、新しい区党の責任者がやってきた。この人は慶南三千浦の出身で、智異山でオルグとして働いていた人だった。性格が闊達で、さばさばした同志だった。約二〇日間あまりにわたって工場の組織と街頭の組織のすべての線を教え、責任者と会えるようにした。私たちは同じ下宿にいたため、一緒に生活しながら細かいことまで引き継ぎすることができた。そうして年末までに引き継ぎを終えた。市党に上がって来い、との党の指示を受けた。

市党責任秘書として召喚される

一九四八年一二月二〇日頃、私は第一地区党を離れた。それまでは市党の責任秘書は馬山出身のチョン・チルソン同志だった。チョン同志は本当に迫力のある人だった。私を第一地区党の責任者に推薦した彼は、市党責任者の頃にも第一地区党にやってきて督励するのを惜しまなかった。後日、チョン同志は検挙され三年の刑を宣告された。韓国戦争のときにも犠牲にならず生きて出所した。

第一地区党を離れた私はチョン・チルソン同志の後任になった。市党の構成員は組織責任者と宣伝責任者、そして大衆団体責任者とモプル〔訳注：もともとソビエトでは「国際革命党救援会」の意味で使われたが、当時の釜山市党では「革命者家族救護委員会」の意味で使われた」責任者、この四人だった。

私が市党に上がったばかりのとき、世の中の雰囲気が何かしら昔と違っていた。どうしたことか社会の雰囲気が冷え冷えとしていた。片方の政府が樹立した一九四八年の末からは人心が変わり、アジトを借りて使うことも難しくなった。普段から見知っている同じ故郷の人でも、以前とは違うその態度に、アジトの問題を話すことがためらわれた。たとえアジトを借りて使うにしても、安心して使うことができなかった。七・二七人民大会まで、中小企業家たちは進んで我々に経済的支援をした。だがそれから一年半が過ぎた今、私たちに対する彼らの態度は、まるで敵に対するかのようだった。それでも私たちは闘争を中断するわけにはいかなかった。救いだったのは、こんな厳しい環境のなかで常任委員会のアジトが比較的安全な場所にあったという事実だった。

ある日常任委員会のアジトに入る前、安全信号（アジトに異常がない場合、合図として石ころをのせて置くことになっていた）を見ると異常があった。石が置かれていなかったのだ。すぐにはアジトに入らず、五分ほど遠いふもとから家の周囲を観察してみた。周辺の雰囲気が静まり返っており、事故が起きたに間違いなかった。急いで事情を調べると、組織責任者が検挙されたということだった。検挙された組織責任者は、刑事に常任委員会が開かれる時刻をわざと早く言った。私たちが到着したのは刑事たちが去って行った後だったのだ。

組織の整備が急がれるのに、組織責任者が検挙されるとは絶望的だった。この時期には人を選んで使おうにもふさわしい人材がいないなど、人材難が深刻だった。単独選挙以降、多くの同志が検挙されたのだが、彼らがどうなったのかまったくわからなかった。後にわかったことだが、当時は警察に検挙され調査を受ける過程で、刑事が検挙された人の家族にいくらかの袖の下を要求したという。金が払えなければ刑事はすぐに検挙者を憲兵隊に渡してしまった。すると憲兵隊では彼らを智異山地区に連れて行き銃殺した後、「ゲリラを射殺した」と上部に報告し、戦功を立てたことにするのだった。だから当時検挙された同志たちは、ひとつ間違えれば音信不通になってしまうのが普通だった。

このような厳しい状況の下、市党ではまた一つ大きな事件が発生した。

私が四市区党の責任秘書として活動していた一九四七年八月から、党の財政問題を解決するために北とこっそり貿易を開設し運営してきた「サムブ丸」に問題が起きたのだった。

一度はスケトウダラを積んで戻り、それを販売した代金から油代を引いた残金四五〇万ウォンが残ったのだが、ハン・テサム同志の親戚に当る人が手形が不渡りになるのを食い止めるのに少しの間貸してほしいということでそのお金を貸したのだが、ハン・テサム同志がそのお金を集金するために釜山に行くと、親戚の密告で憲兵隊に連れて行かれてしまった。密告の事実も知らずにいたハン同志は拷問の隙をついて憲兵隊の二階から飛び降り逃亡したのだが、よりによって密告した当人の家を訪ねて行き、かくまってほしいと頼んだのだった。その家は日帝のころ日本の商人たちが建てた日本式の住宅で、親戚はそこに隠れるよう同志に指示しておきながら、憲兵隊に電話をかけた。同志は再び憲兵隊に連れて行かれ、その後連絡が途絶えてしまった。

一方、蔚山（ウルサン）でハン・テサム同志を待っていた私の母方の従兄弟、キム・スンファンは約束の時間になってもハン同志が帰ってこないので、事故が起きたにちがいないと結論を出し、船をとばした。元山（ウォンサン）に行った彼は元山市党にサムブ丸を献納し、元山水産学校で教員として奉職した。この事件によって釜山市党の財政に大きな支障が出てしまった。この事件は、党の財政を担当していた同志が個人的なことで自分たちの使命と責任を忘れた分別のない行動をすることによって、党を経済的に苦しい立場に追いやっただけではなく、自分たちも無益な犠牲になるというみせしめとなったのだった。

この事件が起きてからは、私は市党を構成している幹部たちに対し疑いを抱くようになった。果たして私をはじめとする現在の幹部たちは、反民族主義者と対決する際、技術的にも、そして理論的にも堂々と向かい合い、戦う準備のできた同志なのか。ひょっとして、上級党から下りて来る指示をオウムのように覚えて、そのつど行動するだけの者たちではないのか。自分の想像力を発揮し、その時々の状況に合わせて下部組織を指導しているのだろうか。こう考えると、幹部を一括し、あるいは個人的にでも検証する必要があるように思えた。

当時の宣伝責任者は西部慶南の山清（サンチョン）出身のノ・ジェグという同志であり、大衆団体の責任者は済州島舊左面下道里（クジャミョンハドリ）出身で私より三歳年上の普通学校の同窓生、カン・テス（本名 カン・キフン）だった。宣伝責任者としてノ・ジェグを推薦した人は道党の宣伝部で働いていたノ・ジェユンだった。

私は市党の幹部をみんな呼び集めた。宣伝責任者に「党の自己批判指針」を知っているかと尋ねた。すると宣伝責任者は困り果て、知らないと答えた。私はその瞬間、全身から力が抜けていくかのような虚脱感に陥った。

党幹部が党の路線はもちろんのこと、共産主義の理論武装もせず、どうやって宣伝責任者というポストで働いているというのか。思わず私は宣伝責任者に最近何の本を読んでいるのか尋ねた。彼は答えた。

「その日、その日、上級党から下りて来る指示を実践するのにも時間が足りないのに、本を読む時間がどこにあるのですか」

宣伝責任者の答に、果たしてこの重大な時期、この人間に宣伝部の仕事を任せても良いものかと考え込んでしまった。しかし道党から推薦された人物を簡単に更迭するわけにも行かず、今日は計画通り党の自己批判指針を講義し、この問題はまた別の機会に解決することにした。

「今日は、少々時間がかかっても、党員ならだれでも暗唱できなければならない自己批判指針を講義します。私たちは自己批判指針をいつも暗唱していなければなりません。万一、私たちが検挙されたとき、敵との闘いで私たちが引き下がってしまわないように力を与えてくれるのが『自己批判指針』です。今日からはみんな暗唱する事を義務化しましょう」

講義を始めた。

〈私と同志愛〉

一、同志愛は最高の人間愛です。人間性を高め、大衆の模範になろう。

二、同志は私の分身です。同志と生死苦楽を共にしよう。

三、自分より同志を愛し、同志の些細な間違いは大衆の中に抱き入れよう。

四、私たちは批判と非難を使い分けよう。非難は敵に使用する攻撃の一方法である。同志に対する批判は友好的で責任ある姿勢でのぞみ、解決を目的としなければならない。批判の立場から弁明と論争は禁物だ。

五、同志間では老若、学力、性別を問わず、尊敬し、敬わなければならない。

六、同志の死は自分の死と同じだ。

〈批判と自己批判〉

一、組織の力は組織の統一性によって発揮される。組織の統一性は組織内の批判と自己批判を通じた過ちの克服と、正しい立場と確固たる思想の定立から成る。

二、敵は私たちの一寸の過ちを待っている。敵に検挙されたとき組織を白状してはならない。組織は命をかけて擁護し、保衛しなければならない。批判と自己批判を怠けるということは自ら過ちを招くことであり、ひいては敵を助け、組織を傷つけることだ。

三、批判と自己批判は思考と認識の発展に必然であり、これを通じた弁証法的な発展のみが正しい認識体系を築く。

〈批判と自己批判の生活化〉

一、同志に対する真の愛とは、同志への責任ある批判であり、同志の過ちを見て批判しないのは同志をおとしめることだと深く心に刻みつけろ。

二、自分の過ちを反省せず合理化することは、同じ過ちの繰り返しを意味する。自分の過ちをとことん反省し自己批判しなければならない。

三、過ちを犯したときには必ず承服し、実践的に従うことのできる勇気を持とう。

四、親密な個人的関係にある同志だからと過ちを見て知らぬふりをしたり、自分も似たような過ちを犯すかもしれないという心配からこれを批判せずに看過することは、同志と自分の両方をも殺す自殺行為であることを深く心に刻みつけろ。

五、組織と同志のための責任ある批判以外の個人への感情的非難は、組織を分裂させる分派主義の産物だ。自分の過ちと無能力さを反省し過ちを克服するために前進するべきで、自己に対して懐疑心を抱くことは自らを殺す行為だ。

〈理論と実践の統一〉

一、革命的理論なくして実践なし。

二、理論がどんなに正確でも実践に移せないのならば、その理論は死んだ理論である。

三、全ての事物の発展にはその内面を流れる客観的な整合的法則が存在する。この整合性的法則の発展と、これに沿った人間の主体的な実践過程だけが、必要性と事象の統一であり理論と実践の統一だ。

〈理論と実践を統一する生活〉

一、組織員は理論学習と組織的で公式的な決定に対する絶え間ない研究を通じ、自身の見識と能力を向上させ、これを身をもって実践し、他人の模範になろう。
二、敵の支配的イデオロギーと戦うためには組織員一人ひとりが徹底して理論武装しなければならない。
三、個々人の実践を経験主義的に受け入れるのではなく、体系化し、実践的理論として定立させよう。
四、全ての理論は具体的な実践過程で必ず適用されなければならない。実践的な闘争経験を蓄積した同志であるほど、この点において正確だ。
五、肉体的虚弱は腐った精神と模倣を招き入れる元凶だ。組織員と非組織員は相互に対立する物として、相容れない関係にある。この対立を統一することで矛盾を克服し、止揚することが組織事業だ。

「今更のように私が理論と実践、批判と自己批判を強調するのは、批判と自己批判の二項で述べたように、反民族的な売国勢力は常に私たちのわずかな過ちを放っておくまいと眼を凝らして待っているからです。万一、私たちの身の上に何かが起きたとき、いや、捕虜になったとき、敵は私たちの些細な過ちを狙います。彼らは組織の秘密を知ろうと、拷問と懐柔をはじめとした持てる手段を動員するはずです。そのとき敵に投降したら自らも死に、そして組織も甚大な被害を受けるにきまっています。私たち自身をもっとしっかりさせるには、信念に生きて信念に死す、という覚悟が必要です。百種類の理論より、一つの実践が重要な時期に私たちは立っているのです。敵との厳しい対決を勝利するには、精神的、肉体的な苦痛が伴うはずです。これを克服し、命をかけてわが組織を守り、発展させることを誓いましょう。

振り返ると一九四五年八・一五の開放以降、一九四六年一〇月一日・大邱の人民抗争から一九四七年七月二七日・人民大会のための闘争、一九四八年四月三日孤立無援の済州島民の単独選挙反対闘争、同年一〇月一九日・麗水駐屯一四連隊の済州島への派遣を拒否する蜂起闘争、同年一一月三〇日・軍蜂起の支持闘争まで、朝鮮の民衆は真の意味での民主主義的な統一政府の樹立のために、一貫した民族自決の原則に従い、根気強く闘争してきました。

しかし、米軍政とその忠実な手下どもは、近代的な武器で私たちの愛国的民衆をためらうことなく殺傷しました。米軍政の銃口のせいで倒れていった朝鮮の尊い命も、また、いくつあったでしょうか。私たちはこのような骨身にしみる犠牲を、私たち自身の犠牲と受け止めなければなりません。私たちは『同志の死は自分の死と同じだ』という事実を、骨の髄まで刻みこまなければなりません。

一線で働きながら捕虜になった時、先ほど話したように、敵は私たちの心理状態を利用する手法を使います。『上部の者について話せば、おまえを解放してやる』などという口車に乗せられ、組織の連絡網を話してしまう同志もいますが、一つ言えば二つ、二つ言えば十を白状しなければならなくなります。話せば話すほど組織も死に、自身も死んでいくのです。

私たちを『職業革命家』と言います。『職業革命家』とはどのような革命家を意味するのでしょうか。それは、革命を職業とする人、自分に与えられた革命的な任務を誠実に実践する人。その革命が完全に成し遂げられた後も、生涯にわたり自分の持っているすべてのものを革命のために捧げる人をいうのです。その反面、この土地を支配している反動分子たちは支配と君臨、搾取と抑圧、独占のために民衆を弾圧し、虐殺し、革命を妨害しています。そのため私たちは、日帝に代わり私たちを古い束縛にしばりつけようとする反統一的な連中に反対し、強力な闘争を起こさなければならないのです。

以上の事実は同志たちも良く知っている内容です。けれど真理とは、何度聞いても、たとえ既に知っている内容だとしても、その都度胸に刻みこみ、真剣に向き合うことが本来の働き手の姿勢です。今まで私が講義した内容は、緊迫した情勢のなかで同志たちに力と勇気を呼び起こすためのものです。

同志のみなさん！　私たちはみなこのことを胸に刻み、反統一分子たちに対して湧き上がる敵愾心で、統一のためにこの体の全てを捧げ、闘争することを決意しましょう！」

検挙

こうして釜山市党の責任秘書としてあちこち忙しく駆けまわっていた一九四九年六月二五日の朝。この日はひどく肩がこり、体の動きが悪くて一日休みたかったのだが、そういう訳にもいかなかった。

「今日は宣伝責任者が新しく採用される部員を連れて来ることになっている。歩けるだけの力があるなら、何があっても行かなければならない」

昨日宣伝責任者が、宣伝部に部員がおらず、仕事をしようにも十分に出来ないと言っていた、とのことだった。それで、知っている同志のなかに信頼できる人はいないかと聞いたところ、一人いることはいるのだが、活動をしていて懲役に服していたとのことだった。ともかくひとまず審査をしてみて採用するかどうかを決めることにした。

私は重い足取りでアジトのある大平洞（テピョンドン）の小道を歩いていた。ところが小道の陰には刑事が体を隠し、私の小さな動きを一つも見逃さず監視していたのだった。私はそんなことも露知らず、痛む体を引きずりアジトに入りながら、何気なく周囲をぐるりと見やった。アジトに入ると、宣伝責任者はどうしたことか登山帽をすっぽりとかぶったまま首をうなだれていた。もう一人はどこかで見たような気がしたが、審査を受けにきた宣伝部員としか思わず、何も疑わず

に部屋に入った。その瞬間、

「動くな！」

見覚えがある人間が拳銃を引き抜いた。私が見た宣伝責任者の顔は何とも形容しがたい絶望感で歪んでいた。私はそのときになってやっと見覚えのある刑事の顔を思い出した。昨年の一一月三〇日、第一地区党で問題が発生した時のことだった。朝鮮紡織工場の裏にあるアジトが発覚し、辛うじて危機を逃れた私が掘っ立て小屋の床屋で髭そりをして出て来る際にでくわした人間、西面の方に行く途中で刑事の尋問に引っ掛かったとき、危機を救ってくれた北部新警察署査察係の刑事班長、アン・ヨンセ巡査部長だった。否応なく捕虜の身となってしまった。刑事が私を検身すると、今まで危機にあうたびに私を救ってくれた新聞記者証が出てきた。もう記者証ともお別れだった。警察の車に乗せられ北部新警察署に行った。

取り調べ室に入ると服を脱がされ、腕は腕と、足は足とで縛られた。縛られた腕と足の間に鉄の棒をいれ、その鉄の棒の両側を掛けると、あたかも猟師が捕らえた獣をぶら下げるように、まるで豚のように私の体をぶら下げた。ある刑事は頭を掴んで固定させ、他の刑事は手ぬぐいで口を封じこんだ。その手ぬぐいの両端を押さえつけたまま、他の刑事が唐辛子の粉が混ざったやかんの水を私の口と鼻にぶちまけた。息が詰まった。息が詰まって足をばたつかせていると意識を失った。そうなって初めて、刑事は私を降ろした。そして意識がしっかりしてくるとすぐ、再び顔に水を注いだ。こうして何度も同じことが繰り返された。このような水を使った拷問を三〇分以上受けると、たとえどんな人間でも意識が朦朧として昏睡状態に陥ってしまう。私が拷問と昏睡状態を数え切れないほど繰り返している間に、いつの間にか正午になっていた。彼らも疲れたのか、私を降ろして手と足を自由にしてくれた。

「接触の時間は何時だ?」

「接触の時間だって? ノ・ジェグに部屋を貸しただけだ。それだけの事で、なんで私を拷問するんだ」

今度は二階に連れて行き、また手足を縛られた。水を使った拷問は地下室で、棍棒を使った取り調べは二階で……。三時間以上、拷問に苦しめられた。しかし最初から最後まで彼らにひと言だけ発すると、私は耐えた。

「私は部屋を貸して欲しいといわれ、時々、部屋を貸した事実以外には、何もない。そんな人間を罪人扱いするなんて。私が何をやったというのか」

「だめだ。しばらく独房に入れておけ」

そうして独房に入れられた。部屋に入って考えると悔しくて我慢できなかった。朝鮮労働党釜山市党の宣伝責任者という立場にいる人間が、組織の連絡綱を明かすとは……。いくら人材不足とはいえ、書類を運ぶレポより劣る人間が市党の宣伝責任者として任命されたというのか！ 考えれば考えるほど腹が立って仕方なかった。
夕食は木で編んだ小さな箱に入った麦ごはんだった。おかずは青のりだった。その青のりは食用ではなく、肥料に使うものだった。拷問で水腹になっていたせいか、食欲がなかったのでそのまま投げ捨てた。

通行禁止のサイレンが鳴った。午前一時頃だったろうか。彼らは再び私を警察の車に乗せて、どこかへ向かった。当時の釜山鎮（プサンジン）の砂浜には、埋め立て工事のための練炭を入れる叺（かます）がいっぱい積んであった。警察の車はそこで止まった。彼らは私を袋に入れ袋の口を結び、埋め立て地の練炭が入った叺のように私を水につけた。私が水中で息を我慢できる時間はわずか三〇秒……。息が詰まるとゲホゲホ言いながら残りの力を振り絞ってあがき、そのときになってようやく彼らは袋を引き上げた。そしてまた水の中につける。そのようにして一時間余り。それでも黙秘を続けると、彼らは私を乗せて再び警察署に戻った。

三日目の午前一時頃。

彼らは私を呼び出し、再び車に乗れと指示した。今度は北部署の後ろ側に位置する水晶洞（スジョンドン）の裏山に引き連れていった。西面（ソミョン）に至る脇道に上がると、家に帰れと大声を上げた。私が帰るところは富平洞（プピョンドン）側なのに、お話しにもならなかった。ただぼんやりと立ちつくしていると、夜の静寂を破って銃声が鳴り響いた。自分でも知らず知らずのうちに体をさすってみる。出血しているところはない。痛いところもない。おどしだった。恐怖を与え終わると、再び車に乗れとのことだった。それが最後だった。

私に対する拷問はそれ以上行われなかった。しかし、眠れるわけがなかった。幹部の選択を過ったせいでこんな羽目に陥っている釜山市党はこれからどうなるのか……。さまざまな考えと悩みが絡み合って眠ることができなかった。銃でも持っていたならノ・ジェグという人間を撃ち殺してやりたいくらいだった。

あくる日の午前一〇時頃、査察係に呼ばれて行くと、アン・ヨンセ刑事班長が座っていた。彼が差し出す椅子に座った。

「もう拷問することはないでしょう。職責を話してください」

「ノ・ジェグが一日に一度、それも二、三〇分ほど使うだけなので部屋を貸してくれと言いました。だから私は部屋を紹介した、それだけです」

「もうこうなってしまったのだから、調書を取るのに協力してくれる方がお互いのためですよ。職責を言わないというのなら対質審問をしますよ」

「いいでしょう！　対質審問をしてください」

すぐに宣伝責任者、ノ・ジェグを連れてきた。ノ・ジェグは私をまっすぐに見ることができなかった。

「私はあなたに部屋を時々貸してほしいと言われて紹介しただけなのに、部屋を紹介した代価がこれですか？」

　私がせき立てるとノ・ジェグは哀願するように言った。

「全部吐きました。もう、どうしようもないでしょう？」

「わかりました。私の職位が釜山市党の責任者ということは認めますが、それは職責のみであって、活動したことはありません。だから、単に職責確認のための判子については押しましょう」

　すると、アン・ヨンセ巡査部長が興奮して大声を出した。

「あんたが宣伝責任者にいろいろ指示を出したというが、それも否認するつもりか！」

「私はそんなことはしていません。そんなことがあったというなら、道の宣伝部から宣伝責任者に別線で行くのであって、私が与えるものではありません」

　ノ・ジェグと私の陳述が合わず、怒ったアン刑事はノ・ジェグの頬をぶん殴った。

「なんでこんなやつがいるんだ！　朝鮮労働党釜山市党の宣伝責任者というポストがそんなに簡単だというのか？　このクズ野郎！」

　興奮して罵声を浴びせるアン刑事に、私は自分の職位を話したので二度と呼び出さないように告げ、留置場に戻った。

検挙されて五日目。

二階の私の向かいの部屋に道の宣伝部、ノ・ジェユンがいるということを知った。ノ・ジェユンは私がノ・ジェグの名前を話し、ノ・ジェグが自分の名前を出したのだと思っていた。私は呆れて、

「同志、身内をしっかり監督しろ！」

と言ってやった。何日か後、誤解が解けたノ・ジェユンが謝罪の言葉を伝えてきた。

七日目の夜九時頃、担当の検事であるチョ・イングが北部署から来た際に私の部屋に寄った。コ・インチョルはお前かと聞くので、そうだと答えると、体に気をつけろと挨拶していった。

九日目。南道部（ナムド）のゲリラ部隊が沙上（ササン）駅を襲撃して火をつけ、駅舎全体が焼けるという事件が発生した。その事件で沢山の青年が北部署に捕らわれてきた。沙上地区は、私が一地区党の責任者だった時の街頭細胞の関係で、知っている組織員が少しいた。捕まって来た青年のなかに知っている顔が数人私の目にとまった。彼らが私を知っていると告げ口するかと思うと顔を上げられなかった。早く検事局に引き渡されるようにと、切実に祈るだけだった。

検挙されて一〇日目の土曜日だった。私は調書と共に検察局に引き渡された。

その日、下の姉が看守に、

「酒代はもつので、午後五時までだけでも食堂にいられるようにして下さい」

とお願いした。

私たちは久し振りに尽きない情を分かち合った。姉は、私が日本で勉強していたときから献身的に面倒を見てくれていた血縁だ。私が検挙されたという知らせが伝わると、故郷ではもちろん、釜山に出てきている故郷の人々も心から私の境遇に同情していると言った。時間が過ぎ、私たちは別れ、私は釜山刑務所に収監された。

釜山刑務所の拘置監房は四〇部屋で、私は三号房に割り当てられた。三号房は定員が三人だが、私まで入れると一八人を収容していた。到底横になって寝ることはできず、新入りの私は便器がある場所に座っていなければならなかった。釜山刑務所の拘置監房に収容された人間は国家保安法で拘束された人たちだった。政治犯以外の者は一人もいなかった。

第四章　激動の歳月

釜山(プサン)刑務所　未決囚獄房生活

捕虜になったすべての人は、監房で選ばれた監房長を中心に規律的な組織生活をしていた。起床のラッパの音で起きると、刑務所の看守部長が朝の点呼に来るまで番号順にきちんと座り、「行い」を実践した。

「行い」は、詩を暗唱することからはじまった。

同志よ　信じよ
必ず戻ってくるだろう
幸福のひかり

そして崩れ去ったファシズムの屍の上に
同志の名前を永久に刻もう
偉業のために倒れた者は死んだのではない
大衆の幸福のために倒れた者は
永遠に大衆の心の中に生きるだろう

この詩は第二次世界大戦下のソ連の広大な戦場で、帝国主義勢力から社会主義祖国を守るために戦い倒れていった戦友たちと、彼らの死体がずらりと並んでいる大地を弔うために作られたものだ。詩をすべて暗唱し終えると、自己批判指針三八訓、中国共産党の劉少奇が執筆した自由主義行動排撃一一訓を暗唱する。これが毎朝行われる行事だ。

私が拘置監房に収監されたという知らせを伝え聞いた第四地区党の宣伝責任者であるプ・ソンオン同志が、外はどうなっているのか知りたいと伝えてきた。私個人の意見は省略し、いくつかの内容を紙に書いて、運動に出る時間に食具桶（シックトン）〔訳注：収容者に食事を差し入れるための扉の下に付いた穴〕へ入れておいた。プ同志は街頭連絡中、最初に捕まった宣伝部員が組織網を白状したせいで検挙された。取り調べのとき警察官に野球のバットで殴りつけられて頭が割れ、警察病院に入院して治療を受けたあと拘置監房に移って来た。彼は私よりも先に収監されていた。私は彼と個人的に特別な関係だった。プ同志が検挙され、別れてから一年が過ぎようとしていた。だが彼はその時点でも裁判を受けられずにいた。自身の裁判がいつ行われるのか、私たちは漠然と待つしかなかった。

三号房に入った後、多くの人が入り、出て行った。その中でも記憶に残っている人は釜山のキム・イルイプという人だ。キム・イルイプは初代釜山市人民委員会の副委員長の職責にいた人で、後日、保導聯盟〔訳注：一九四九年、左翼運動をする過程で転向した者たちで組織された反共団体。朝鮮戦争が勃発するや危険視され、当時の李承晩政権下で弾圧された〕を組織した。六・二五のとき保導聯盟の成員は残らず虐殺されたが、キム・イルイプだけが健在だった。そしてもう一人、二七歳のクォン・ギョンヨンという青年だった。クォン・ギョンヨンは二号房に収監されたノ・ジェチョルと共犯だったのだが、彼らは道党軍事部の職責を受け持っていた。彼らは検挙されると、知っている組織の全てを残らず吐いた。その功で、夜は留置場にいたが、昼間は社会人として劇場や料理店に出入りした。警察は彼らを傭兵として使い、利用価値がなくなると検察庁に引き渡してしまった。彼らのせいで私たちの監房生活も様々な制約を受けた。

監房での私たちの日常的な問題は食べることだったが、いわゆるコンパプ〔訳注：刑務所の囚人が食べる粗悪な大豆の入った飯〕――刑務所の言葉では、カタパプ〔訳注：型ご飯　収監者の等級によりご飯の量も分けられていたのだが、その際、型の大きさで区別して配給されたため、ご飯を意味する「パプ」に、日本語の「型」をつけカタパプと呼んだ」――が配られる。私たちに配られるご飯は五等型の飯だった。その量は農村で元気に働いている農民のスプーン二さじ分にしかならないものだった。食事のときになると、ある同志は食べるのを惜しがって豆だけを一粒、二粒と数えながら食べた。

あるとき、ご飯粒を数えていた同志が「五等飯には二一〇粒の豆が入っています」と言ったりもした。残りは麦飯しなのだが、豆を除くと一さじにもならなかった。おかずには塩や、たまに汁だといって出てくるのは昆布に似た具が入っているだけの代物だった。済州島で麦畑の肥料用に使う「カジメ」という海藻だったのだが、ひどく苦いので食べられなかった。ある同志はこの苦い汁でさえも、飢えたお腹を満たそうと具と汁まで残さず食べた。どれほどひもじく腹が減っていたら、こうなるのだろうか。胸が痛い思いだった。このような環境で生活をしてみた人間でなければ理解できないはずだ。

たまに家から面会が来ると、飢えていると思うのか餅――当時は刑務所内に購買部がなく、許可される面会の折りの差し入れは外で売られている餅だけだった――を一包み買ってきた。食べ残った物は監房に持って入れないので、こっそり看守の目を盗んで下着の中を餅でいっぱいにする。見つかると無条件で没収されるからだ。被疑者たちの睾丸に触れた餅を奪ったところで、それを看守たちが食べるものかと思うだろうが、彼らも飢えていたのだろうか、よく食べていた。たまに上手く看守の目を盗んで下着の中に隠して戻ったときには、監房で待っている同志たちに一つずつ配った。数が足りないときは公平に割って分配した。これは、どんなに苦しくても同志を真っ先に考え、世話をしようとする人間愛からくるものだった。

この当時、監房に収監された組織員たちを見まわすと、意識水準の低い同志が全体の七〇パーセントほどを占めており、思想教養をするときや食べ物を分配する時はいつも彼らを優先した。そのなかにゲリラ部隊に米一升あげたことが罪として立件された、ペク・ウヌムという農夫がいた。最初入ってきたときには、いろはのいの字も知らなかった彼は、私が既決囚の監房に移るころには、ハングルを完全に理解した。三年刑を宣告されたのだが、惜しくも、六・二五〔訳注：朝鮮戦争〕のとき不帰の客となってしまった。市党の責任者だった私が二年の刑を受け、ゲリラ部隊に米一升を与えた農民が、なぜ三年の刑を宣告されるのか。無法地帯でなければできないような、想像さえし難いことがあちらこちらで起きていた。

七月五日、検察庁に送致された私は四ヶ月ぶりに検事に呼ばれた。当時、被疑者は頭に「ヨンス」と呼ばれる編み笠を被った。外からはヨンスを被った人の顔は見えないが、ヨンスを被った被疑者は外を見ることができる、帽子のようで帽子でない、そんな帽子だった。ヨンスは日帝の残滓物だった。初めて監獄の外に呼ばれて出た私たちは、限られた場所とはいえ、一社会の一断面を見ることができるという幸せを楽しんだりもした。この日、弁護を約束してくれていた当の弁護士が被疑者の身となり刑務所に入ったということを知り、また、その弁護士の差し入れの食事をもらって食べるという幸運にも恵まれた。私の担当弁護士は済州島終達里（チョンダルリ）のイム・ビョンスという人だった。当時釜山で民衆弁護士として活動していた人は、キム・ヨンギョムとイム・ビョンスの二人だけだった。二人は朝鮮労働党の財政責任者、ヤン・ハンソクと財政問題に絡んだややこしい事件で巻き添えを食らい、入って来たのだった。

この日、私は検事の求刑で三年刑を受けた。担当検事、チョ・イングが下した求刑の論旨は、

「日帝三六年で解放され、わが政府を樹立するために、この国の知識階級として当然政府に協力しなければならない立場を忘却し、一時ではあるが、国を害する不穏な思想を伝え広めたため、この思想を悔い改める期間として三年を求刑する」

というものだった。

私たちを担当したチョ・イング検事は自由党末期の治安局長として在職し、四・一九革命で政権が没落すると、手配され逃避生活をしていた。その後、一六年ぶりに朴正熙政権に自首し、自由の身となった人間だった。

時が過ぎ、一二月中旬頃、拘置監房に置かれたスピーカーからはカン・テフンという人の「転向の訓話」が流れてきた。カン・テフンは、慶南道（キョンナムド）党でも屈指の指導者として自他が認める人物だった。検挙された後、西大門拘置所で懐柔され転向した彼は、釜山拘置所で収監され

ている非転向者たちを説得するために、わざわざソウルからやってきたのだった。内容は「党に対する不信」、「共産主義は世界を救える思想的な対案ではない」というものだった。

この変節の訓話を聞いて多くの人が闘争の隊列から離脱した。転向した人々は南側の温かい部屋に移り、南側の部屋にいながらも転向しなかった同志は北側の部屋に移された。北側の部屋は陽が入らず、南側の部屋より寒かった。けれど私たちは卑しくも自身の安楽を求めはしなかった。思想に対する変節、信念に対する変節、大義に対する変節、その末はいつも哀れではなかったか。保導聯盟を組織したカン・テフン、キム・イルイプ、ノ・ビョンヨン、ノ・ジェガプたちは六・二五のときにみな死に、キム・イルイプのみが生き残った。彼らだけではなかった。六・二五のとき、保導聯盟に加入して虐殺された組織員だけで三〇万人を超えた。

判決の日にちが一二月二八日に決まった。一二月二六日に法廷からの呼び出しだと言われ、一人、看守について出廷した。判事書記が、

「あなたの調書を見ると、部屋を斡旋しただけになっているのだが、事実ですか？」

とたずねたので、そうだと答えると、書記は、

「もう少し早く分かっていれば……、時間的にとても差し迫っているな」

と言った。その言葉を聞いた瞬間、姉が手をまわしてくれているということに気づいた。一二月二八日、主審の判事、ハン・ソンスが二年の刑を宣告した。プ・ソンオン同志は一年六ヶ

月の刑を宣告された。

一九五〇年一月一日。正月一日は刑務所に収監されているすべての収監者たちが指折り数えて待っていた大きな祝日だった。国家保安法で収監されている私たちにも、この日の朝だけは米飯一固まりと牛肉のスープ一杯が出された。たとえ牛が水浴びしただけのような、そんな一切れの具もない出し汁であっても、久し振りに食欲をそそるひと時だった。

一九五〇年。新年は監獄に閉じ込められた私たちにも新しい希望を抱かせていた。激しい歴史の変化を予感していたため、すべての同志の心は浮き立っていた。希望を抱いて朝の食事を終えた後、監房長である私は自分の思いを皆に語らずにいられなかった。そのときだった。各部屋に視察窓を閉める音が聞こえてきた。あとで知ったことだが、看守たちとソージ〔原注：奉仕員、訳注：日本語の「掃除」から来た言葉で、監獄で食事を運ぶなどの雑役を担う刑の軽い囚人〕たちが、部屋の中で交わされる話しを盗み聞くために視察窓を閉める音だった。部屋にいる私たちはそんなことも知らず、数日前にカン・テフンがソウル刑務所から釜山刑務所にやってきて転向を勧めたことについて話していた。私はカン・テフンの演説で「共産主義は人類を救える対案ではない」と言ったことに対して反論を提議しなければと思った。監房長として同志たちに共産主義に対する確信を持つよう、思想教養をしなければならなかったのだ。

「カン・テフンは資本主義だけが人類を救える、唯一の対案だと言いました。今から百年あまり前、すでにマルクスは、資本主義は人間の労働力を搾取し資本を独占するため、それに伴い発生する失業と貧困を解決することは絶対にできないと喝破しました。共産主義の思想こそ、人間が人間を搾取しない世の中、失業と貧困のない世の中をつくる、またとない対案だと提示しました。

彼は共産主義思想の世界化を訴えながら、『万国の労働者よ！　団結しろ！』と叫び、すべての国の被搾取階級が団結して、生活に不必要な搾取制度をなくさなければならないと言いました。ここで重要なことは、各国の労働者は自国の現実に合った戦略と戦術を見出し、不合理な制度を打ち破らなければならないということです。具体的に言えば、国ごとに歴史も違い、それによる民族性も異なり、自然の条件も違うため、搾取に夢中な支配階級を打ち破るための闘争戦略も戦術も、自国の実情に合うように設定し、闘争を展開しなければならないということです。

ところで、わが国では五千年の悠久な歴史を持った国土が、今、外勢によって三八度線を中心に分断されています。よって私たち民族には、階級の打破に先立ち、国土統一という優先されなければならない任務を双肩に背負っているのです。まず先に、統一の問題が解決されなければ、私たちは三六年の日帝植民地の苦痛よりもっと深刻な鎖の下で苦しみあえぐことになります。そのため今、私たち民族はすべての力を統一戦線に集約し、立ち上がらなければなりません。以上が現時期の私たち民族に与えられた課題であり、闘争目標だと考えます」

このとき閉まっていた視察窓が突然開き、監房の扉が開いた。

「監房長、出ろ！」

という声が聞こえた。私はわけもわからず、扉の前に出ていった。

「お前が監房長か？」

「そうです」

「お前、まんまと引っかかったな」

看守は配食用のずんどうを運ぶ時に使う担ぎ棒を持ってきた。そして過ちをよく問い詰めもせず、いきなり殴り始めた。それが午後一時頃だったと思うが、殴打は午後五時まで続いた。担ぎ棒が重たくて、それを取り調べの道具として振り回す看守も疲れるのか、汗をだらだら流していた。コンクリートの床を転がりながら、手のひらで棒を防ぎ止めている間に、姉が差し入れてくれた私服はぼろぼろになった。あっちに逃げては殴られ、こっちに逃げては殴られた。腕から血が流れ、服を真っ赤に染めた。看守部長が入ってきてその光景を見ると、いい加減にしろと看守を止めた。部長は私に姓氏が何かと尋ね、高氏だと答えると頷き、私を監房に入れるようにと言った。

再び監房に投げ入れられた私は、どんなに緊張していたのか、服に下痢便をして倒れこんだ。

監房の同志たちが私の服に付いた汚物をきれいに洗い、始末してくれた。しばらく経って意識がしっかりすると、同志たちが食事をすすめてくれた。同志たちが私のために準備した食事を見ると、私食〔訳注：自分の領置金を使って買うことのできる軽食〕だった。私たちの部屋にキム・インスという小学校の先生が入って来たのだが、彼は家から領置金〔訳注：外部から差し入れてもらう金〕を入れてもらって、そのお金で私食を買っていた。キム先生が自分の食事を譲ってくれたのだった。好意はありがたかったが、他の人の食事を横取りして食べるのは嫌だった。私は私食よりコンパプが美味しいのだと言いながら遠慮して食べなかった。

しばらくすると取り調べの看守が手錠を持ってきて、私の手を後ろ手にはめながら言った。

「懲罰で一週間はめていろ。夜寝る時に苦しいからと解いて寝たりしたら、懲罰は二倍になると思え！」

その日の夜、横に寝ていた同志が、

「片方だけでも解けば楽に寝られるのに、生まじめに看守の言う通りにする必要がありますか？」

と言いながら、手錠を解こうとした。私はその提案を拒絶して無理やり眠りを誘った。どのくらい過ぎた頃だったろうか。

「コ・インチョル、どこにいる？」

看守が私を探していた。

「ここです」

私が手錠を解いてない状態で起きて出ていくと、看守は満足そうな笑みを浮かべ、手錠の状態を確認して行った。もしも同志の言葉通り片方を解いて寝ていたら、懲罰は倍になってしまうところだった。こんな出来事を経験しながら私の意思はもっと固くなったのだ。

――どんなことがあっても、お前たちのような反動分子の下僕どもには投降しない。私の意思を見せてやる。

肩と手首が歪んでしまうような苦痛の一週間が過ぎ、私は既決囚の監房に移されることになった。

その日、私はクォン・ギョンヨンに、私に代わって監房長を引き受けてほしいと頼んだ。彼は快く承諾した。クォン・ギョンヨンは裏切り者だった。しかし、監房長の任務を彼に任せた私の本心は別のところにあった。監房長の責任をほかの人に任せたら、また看守たちの報復で監房全体に災いを招くような気がした。だから私はその決定がよくないと思いながらも、組織の裏切り者に監房長という任務を任せたのだった。監房の同志たちに挨拶をし、既決囚の監房に移る準備を終えた。私に所持品でもあれば同志たちに記念になるようなものを渡して行きたかったが、そのようなものはおろか、着ている一着の服もみすぼらしいことこの上なかった。

ただの身の程知らず。贅沢な考えにしか過ぎなかった。看守に名を呼ばれ、同志たちと最後のあいさつをし、既決囚の監房に向かった。部屋を移る途中で私服を脱ぎ、囚人服に着替えたあと割り当てられた一九号房に入った。

三坪の獄房、四〇人の愛国者——釜山刑務所　既決囚　獄房生活

既決囚一九号房。三坪ほどのこの部屋で、私は四〇人と共に生活しなければならなかった。三坪ほどの部屋に四〇人とは！　実に殺人的な収容環境だった。けれど、私はこのような環境でもとやかく言わず、甘受しなければならなかった。私は一九号房の同志たちに、私が拘束されるに至った経緯と未決囚監房での生活、そして二年の刑を宣告されてから移ってくるまでのことを説明し、大まかな自己紹介を終えた。その部屋の隅には何冊かの本が積まれていた。ところがよく見るとマルクスの「資本論」だった。とても不思議なので監房の責任者にたずねると、今なお思想書籍は入れてくれるということだった。ここでいう思想書籍とは共産主義の書籍だ。

一九号房では毎日三つの教養の講座が開かれた。一班、二班、三班に分かれて行われる教養の講座は、ハングルを学ぶ班を一班、政治講座を二班、そしてソ連共産党史の講座を三班にし

て構成されていた。監房で文字を教える責任者は釜山東萊(トンネ)出身のキム・ウェギュという同志だった。目がきらきらしていて鋭いながらも、受講生に親近感を与えるいい同志だった。政治講座は釜山市党特別細胞の責任者である東萊機張(キジャン)出身のキム・ネヨプ同志、ソ連共産党史の講座はキム・トセンという同志が受けもっていた。

就寝時間になると、全ての成員が横向きになり、ぎゅうぎゅう詰めになって寝なければならなかった。一人が北側に頭を向け東側に向かって横になると、他の一人は南側に頭を向け、西側を向いて横になった。こうすると二人の体が一つにくっつき、お互いの脚を枕にして寝ることができた。大変な環境であったがだれひとり不平を言わなかった。与えられた環境に否が応でも適応しなければならないという覚悟を、みんなが持っていたからだ。

毎朝、運動もした。普段は部屋で足を延ばしたり縮めたりする人と、駆け足する人とに分かれた。朝起床し、看守たちが点呼に来るあいだ各部屋で運動をするため、とてもうるさかった。そして看守に見つかると、見張りをしていた同志が全体を代表して廊下の中央に行き、取り調べを受けることになっていた。そのため視察窓を監視する人は毎日順番で交代していた。

既決囚の監房に移った次の日、私が見張り番をすることになった。監房全体が運動していたのだが、私たちの部屋だけひっかかってしまった。食具桶に手を差し出せと言われた。看守が捕り縄〔訳注：出廷の際などに囚人を縛るロープ〕で手のひらを一〇回ずつ殴るのが罰だった。

監獄生活を送る人の手のひらは女性の手のように白かったので、捕り縄で殴られると内出血したりした。私は手のひらを一〇回ずつ殴られると、何も言わず自分の位置にもどり、座った。すると看守が気分を害した声でたずねた。

「お前の名前は？」

「コ・インチョルです」

「お前、また後で交代時間に会おう！」

鞭で打たれたあと、「ありがとうございます」という挨拶をしなかったのが問題だった。案の定、交代時間になるとその看守が私を呼んだ。私は出て行き、看守の指さす所に膝をついて座った。

「他の人は鞭で打たれると、みんな、ありがとうと挨拶をする。ところがお前は敵意を持って私に接した。理由は何だ？」

私はとっさに、思いつくままに言った。

「担当〔訳注：刑務所内では担当看守のことをこう呼んだ〕さん、あなたはすべての監房でよい方だと有名です。そんな方に私が鞭で打たれると、少し心さびしい気分になってしまい、ついそうしてしまいました」

「それは本当の話か？」

「本当です」

「わかった。戻ってよし」

よい人だと噂になっているという言葉を聞いた看守は、ひそかに機嫌が良くなったようだった。以後、その看守が交代に来ると、必ず私を探した。

「コ・インチョル！　コ・インチョル！」

と、私を呼ぶ声が聞こえてきた。出て行くと、ドアを開ける看守の顔が険しくなっていた。

「どうかしましたか？」

「つべこべ言わずついて来い！」

廊下の真ん中までついて行くと、上着を脱いでうつぶせになれと言う。私は言われた通りにした。

「お前が未決囚の監房にいたときから、毎朝のように監房でうさんくさいことを続けていたと耳にしたぞ」

そして殴打が始まった。生産工場で機械を回すのに使用するベルトで二〇回殴られた。背中から血が流れた。そこでようやく看守が満足したかのように私を見ながら言った。

「今度あんなことをしたときには容赦しないぞ。戻れ！」

私は看守に殴られたことよりも、もっと腹の立つことがあった。未決囚の監房を離れるときに監房長として推薦したクォン・ギョンヨンという奴の行動だった。やっぱり裏切り者は救済不能だ。自分たちが「朝の決まり」をしていて見つかったのなら自分たちで責任を取るべきだ。既に部屋を出た私にまで責任を転嫁するとは……。けしからんとは思ったが、もう過ぎたことだった。

一九五〇年六月二五日。

朝の食事が終わり、二階の教誨堂〔訳注：刑務所内で在所者に訓話などを聞かせるための講堂〕に集まるよう指示があった。私たちが移動するときは監房順に頭を伏せ、下を見ながら歩かなければならなかった。もし頭をあげて歩いたり後ろを振り向いたりすれば、間違いなくその時点でお陀仏だった。教誨堂に入ることもできず、引っ張って行かれ、ひどい拷問にあうことになる。この日、刑務所の所長は演壇に立ち、私たちに頭を上げろと言ったあと次のような言葉を続けた。

「今日の午後四時、三八度線の指定された場所で、曺晩植（チョマンシク）先生と金三龍（キムサムニョン）、李舟河（イジュハ）を交換しようという提議があった。南北双方がそうすることに合意した」

という言葉を伝えた。所長の演説に続いて教務課長が行う礼拝まで終えたあと監房に戻ったが、教誨堂に集まった理由についてはみんな言葉を慎んだ。何か得体の知れない雰囲気が漂っていた。

就寝時間直前に看守が各部屋を回りながら、戦時の際に使用する防光幕〔原注：光を外から見えないようにする幕〕を配ると、電球を覆うよう指示した。

なぜ光が漏れないように電球を覆うのだろう。だれもそのことについては意見や発言をしなかった。そうして三日目、朝の点呼が終わり、配食の前に一人の看守が視察窓に手を差し込みながら低く呼んだ。

「キム・ネヨプ先生いますか？」

キム・ネヨプ同志が視察窓に近寄ると、看守が伝えたことは簡単であった。

「三日後、釜山に人民軍到着！」

監房の人たちは三日間の疑問がようやく理解できたかのようにみんな頷いた。収監された同志たちの顔はあふれんばかりの笑みでおおわれた。この知らせを伝えてくれた看守は特別細胞組織の成員だった。キム・ネヨプ同志が特別細胞関係の責任者だったため、その事実を知らせてくれたのだった（その後、安東（アンドン）刑務所でこの組織は露顕された。その影響で釜山刑務所では巻き添えになった看守たちまでみんな銃殺された）。

ところが三日が過ぎ、一ヶ月が過ぎても何の兆候もなかった。

そうした七月二九日午後。

大きな騒動が起きた。予想できなかった部屋の移動だ。三年以上の刑を受けた者は出て来いと看守が言った。嫌な予感がした。ある同志が自分の毛布と本を持っていくと言うと、看守がそんなものは必要ないと制した。呼び出された人たちは三年以上の刑を受けた人ばかりだった。しばらくして中央に集められた彼らが愛国歌を歌う声が聞こえてきた。後に知ったことだが、彼らはみんな刑場に連れて行かれ、犠牲になったという。その日の刑場は海だった。手を後ろに結び、足に石をぶら下げると、釜山の海に投げ入れ、葬ってしまったのだ。この知らせを聞いた姉は済州島の海女たちにお金を払い、私の弟を探してほしいと当時の刑場を隅々まで捜したという。その他の一部の人たちは金海(キメ)大東面(テドンミョン)の山間に生き埋めになった。次に命令が下されれば二年六ヶ月の刑を受けた同志が刑場に行く運命であった。

翌日、私たちが部屋を移されることになった。最初は二年六ヶ月の刑、その次は二年の刑、そして一年六ヶ月の刑。刑期別に一カ所に集められ、別々に部屋を移すのだった。

私たちは新しい監房に移った。そこで思いがけない人に会った。キム・マンヒ君だった。彼はみすぼらしい顔で私を迎えてくれた。キム・マンヒ君は、日帝のとき、農業学校を卒業して全羅南道(チョルラナムド)郡山(クンサン)の不二(プリ)農場で働いていた。解放後は警察の警衛〔訳注：警察官の階級の一つ〕の試験に合格し、済州島舊左面細花里(セファリ)で派出所の責任者として勤務したが、西北青年団の横暴に辞表を出し、日本に密航しようとしたところで捕まり、二年の刑を宣告された。彼は私の従妹の夫でもあった。マンヒ君は体調が良くなく、病人のような顔色をしていた。しばらくしてわかったが、彼は腸チフスにかかっていたのだった。監房を移ってから再び監房長に推薦された私は、マンヒ君を助けたくてもどうする術もなかった。彼のために私ができることは刑務所から与えられる麦飯でお粥を作って食べさせてやることぐらいだった。

私たちの監房のソージは、日帝のとき日本で生活していて帰国した人間だったのだが、私たちに対する感情はそんなに悪いほうではなかった。私はマンヒ君を病舎に移してほしいと彼に働きかけてみたが無駄であった。戦時の状況下で、看守たちはまるで敵軍に接するかのように私たちを扱った。交渉をしてみようにもまるで話しにならなかった。マンヒ君の病状は日が経つにつれ悪化した。ペニシリン一本で助けられるのに、それを知りながらも刑務所側はまったく関心を示さなかった。マンヒ君は段々と憔悴したキリストになっていった。彼の顔はキリストの顔そのものであった。顔がやや細長く、髭までキリストにそっくりで、みんな彼を「キリスト」と呼んだ。

ある日の検房・検身の際、一九号房にいたときに親しくしていた看守に、望みはあるかとたずねたが、彼は頭を左右に振った。それから数日が経ち、マンヒ君の病態がさらに悪化すると、ついには昏睡状態に陥った。担当の看守に報告すると、これ以上悪化しようもない、そんな状態になってやっと入院の処置をとった。その翌日、配食のときにソージに聞いた。

「病舎に行ったマンヒ君はどうですか？」

「キリストは天国に昇りました」

本当にやり切れない出来事だった。

一〇月一日、私たちの中から二〇人が呼ばれ、中央に集められた。

――もう否応なく屠殺場に連れて行かれるんだな。三五歳。祖国のために働き盛りのこの歳で、まともに戦いもせずに死ぬことになるとは……。

そう考えると、過ぎ去った日々が走馬灯のように頭を駆け巡った。本当に切なかった。

「お前たちはあの貨物車に乗れ。下を向き、外を見るな」

釜山刑務所を出たとき、正門の横に立てかけられている看板を見ると「九・二八　ソウル奪還！」と書かれていた。

金海大渚面（キメテジョミョン）の農場へ行く

私たちを乗せたトラックは釜山刑務所を出た後、東大新洞（トンデシンドン）と寶水洞（ポスドン）を分けるコムジョン橋を過ぎ大廳洞（テチョンドン）を経て昔の釜山駅前を通過した。瀛州洞（ヨンジュドン）を過ぎて草梁（チョリャン）駅と釜山鎮（プサンジン）駅を過ぎ、凡一洞（ポムイルドン）を経由すると、ポムネ谷から西面に行く橋を渡らず三和ゴム工場前を過ぎ、亀浦（クポ）の方に向かった。亀浦に着くと車は金海へ行く亀浦橋を渡った。

そのときまで私たちは釜山刑務所が運営する大渚面農場というものがあるということを知らなかった。車は金海大東面(テドンミョン)に向かっていた。大東面は同志たちが生き埋めにされた所だったので、私たちもそこへ連れて行かれ、虐殺されるものだと思った。ところが車は大東面の真ん中辺りに来ると右へと方向を変え、そのまま進んで行くではないか。いくらも行かないうちに広々とした平原に建物が建っているのが見えた。私の見た建物は全部で四棟だった。正門側にある建物が事務室、その次が木工所、その次は炊事場、最後の建物は受刑者を収容する所に思えた。建物の周囲は鉄条網で囲まれ、刑務所とは全く違う別世界だった。

私たちが並ぶと、看守長という人間がひとしきり演説をぶった。

「みなさんは国家保安法で刑を受けた受刑者のなかでも成績が模範的であるため、このたび、金海農場で働くよう選抜された。これから先のみなさんの作業成績の如何によって、もっと多くの国家保安法の受刑者たちが呼ばれる計画だ。ここ、大渚面の農場は洛東江(ナクドンガン)の三角州にある。知っての通り、三角州は水の中に形成される島だ。だから亀浦橋と金海橋、鳴旨(ミョンジ)面橋を切ると孤立無援の状態になる。したがって農場を逃げ出そうという無謀な行動はしないものと信じる。それはみなさんが一般囚とは違い、ものごとの道理を判断する分別を持っていると思うからだ。明日、また二〇人あまりが来る。小隊を作業班別に編成するが、今ここに並んでいるみなさんは一小隊だ。明日到着する受刑者たちは二小隊になる。今まで監房で食べていたご飯より大きな三等飯が出るし、自然と共に健康に働くことができることはどんなによいだろうか。一生懸命、誠実に、責任を持って尽力してくれるよう願いながら、ここで話を終える」

お互いが東西に向かい合い体をくっ付け合って寝ていた、あの狭い寝床を抜け出して、広々とした部屋で寝られるようになり、ご飯をねだらなくてもよくなった。特におかずは私たちが収穫した野菜を使った。塩水だけで煮た白菜汁もけっして美味しいものではなかったが、健康には良かった。

私たちは小隊別に分かれ、監房に収容された。あくる日の朝、朝食を終えて作業場に向かった。私たち一小隊の担当看守はク・ボンスルという人間だった。彼は日本で労働者として働いていたが、解放後帰国した帰還同胞だった。彼は体格の割に背が低く、半コートに手を入れて歩く姿が穴熊に似ていたので、あだ名は「アナグマ」だった。二小隊の担当は顔が赤黒かったが、黒光りが濃く、「カムルチ〔訳注：タイワンドジョウ科の淡水魚・ライギョ〕」というあだ名がついた。私たちの仕事は大根の収穫だった。

私たちの小隊が移ってきてから五日目、ク・ボンスルは小隊員を集合させた。

「私が班長を指名してもよいが、民主的ではないので、自分たちで班長を選出してくれるよう願う。誰がいいか?」

彼は自分の名前さえまともに書けない看守だった。ところがどこかで民主主義という言葉を聞きはしたようだった。誰かが私を推薦した。

「他の意見がなければコ・インチョルを班長に選出する。どうだ?」

その案をそのまま受け入れ、満場一致で班長の選出を終えた。班長になった私は、権威主義社会でのように小隊員を監視・監督する班長ではなく、彼らを助ける班長でなければならないと考えた。だから彼らと一緒にいつでも真面目に働いた。

私たちの班長選出とは違い、二小隊は担当の指名で班長が決定した。二小隊の班長は国家保安法で入って来た警察出身だった。彼は小隊の監視者として担当の仕事を分担していた。小隊員たちが「サボタージュ」をしたりすれば、担当の代わりに仕事を督励したり、気に入らなければ悪口を浴びせたりしたので、小隊員全員が彼を嫌っていた。私たち一小隊ではそんなことはなかった。私は小隊員と一緒に働きながら、「サボタージュ」をする小隊員がいればそこに行き一緒に働いたため、小隊内で摩擦がなかった。

釜山刑務所では穴を作り、刑務所で出る糞尿を集めた。そして集まった糞尿を下段に貯蔵しておき、帆船で大渚面の農場まで運んできた。農場では二人一組になり糞尿桶にくみ出して運搬し、糞尿貯蔵所に貯蔵した。必要なときには再び運搬して肥料として使った。この糞尿は原肥用だった。糞尿桶を担いで運ぶ仕事は農場で一番大変な仕事だった。時々、船から糞尿をくみ出していて足が滑り、船の糞尿桶に落ちることもあった。そんなとき、隊員たちは洛東江に入り沐浴をした。隊員たちはその鼻につく糞尿を嫌がるそぶりもなく洗い流した。それは長い年月の間に体についた垢を洗い流すのと同じだった。私は糞尿を載せた船が来ると小隊員と一緒に糞尿桶を担いで作業した。しかし二小隊の班長はそんな仕事は絶対しなかった。背丈が六尺ほどある彼は、腕を組み、木像の様に立って監視するだけだった。そんなこんなの理由で、一小隊は二小隊の羨望の対象になった。

ある日の夕方、農場の正門に姉が現れた。私はうれしさのあまり思わず走り寄ると、お辞儀をした。

「姉さん、どうして私がここにいると分かったのですか？」

「実は釜山刑務所に行ってみたけれど知らないと言われ、晋州(チンジュ)刑務所まで行って調べたの。それでも行方が分からなくて、帰ってくる途中で、ある人に金海の大渚面にも囚人を収監している所があると聞いて、それで立ち寄ってみたの」

これまでにも、どんなに多くの心労をかけたかと思うと恐縮するばかりだった。日帝治下では夫のために――義兄金太権は日帝の時代、反帝同盟事件で二年六月の刑を受け服役した。義兄は釈放された後、結核にかかり一九四〇年頃死亡した――神経をすりへらし、解放後には一人しかいない子供までも慶南（キョンナム）の西部戦線で失い、その後はよりどころがなかった。弟一人だけを信じて生きてきたところへ、弟までこんなことになってしまうとは……。苦労ばかりしている姉を思うと胸が痛かった。私を立たせておいたまま表通りまで走って行き、鯛焼きを買ってきて渡してくれた姉。姉のことを思うと、これを書いているこの瞬間にも目頭が熱くなる。

姉が訪ねて来てしばらくした、とある日曜日。保安課から呼び出しだというので行ってみると、妻が面会に来ていた。立ち会いは、チョ部長という気のいい人だった。妻は風呂敷を開けゆでた鶏を取り出した。部長が見ているのに一人で食べるわけにもいかず、私はチョ部長に一緒に食べましょうと声をかけた。

「部長さん！　私がこれを食べられなかったからと、死ぬわけでもあるまいし、かといって、監房に持って行くわけにもいきません。一緒にどうですか？」

そう言って部長と二人で鶏一羽を食べた。面会を終えて監房に戻ると、身の置き場がないほど他の同志たちに申し訳なかった。妻が、母も私の生死が分からず心配していたが、生きているということを知り、とても喜んでいると教えてくれた。

冬でも農場の仕事は忙しかった。日本の大根を育て、その一方で、未開拓の土地を小隊員たちの力でならす作業をした。土手を作る作業はその方面の専門家たちが請け負った。こうして農場は徐々に農場らしくなっていった。

月日が過ぎ、大根を収穫する時期になった。大根を抜き、それで日本式のたくわんを漬けた。コンクリートで作った深い穴の中に大根をきれいに洗い入れ、適量の塩を振るとできた。キムチを漬ける日には、小隊員も大根を思う存分食べることができた。

ある日曜日、朱（チュ）という担当看守が私を訪ねて来て、外に出ろと言う。ドアを開けて出ると、

「今日は私と大渚面の村を一回りしてみよう」

と言った。私はすぐに疑問を抱いたが、担当の看守が警護する以上、大渚面一帯をうろついたところで何も問題はないだろうと思い、看守の言う通り同行した。ところがこの看守は、村に入るとすぐどぶろくを売る酒屋に私を案内した。久し振りに空っぽのお腹にどぶろくが入ると、眠気がどっと襲ってきた。私は担当看守にたずねた。

「何のために、私にこんな待遇をするのですか？」

「班長と私は同じ穴の狢（むじな）なのです」

「それはどういう意味ですか？」

「私は金海郡の人民委員会で働いていました。他の友達が検挙されたので身を隠していたところ、幸い何事もありませんでした。それで看守に応募して合格し、今こうして看守として働いているのです」

「朱担当は、なぜそんな話をむやみにされるのです？　私が信用できるとでも？」

「班長が過去にどこで働いていたのか知っています。だから、今日こうして出てきたのです。実は前から機会があれば、一度、おもてなししたいと思っていたところ、今日ちょうどその機会ができたのでよかったです」

私は朱担当に一つお願いをした。

「朱担当が農場で勤務するあいだは、私たち小隊員の面倒をよく見てくださるとありがたいのですが」

麦の収穫期が近づいてきた。一小隊担当のク・ボンスルの家は農場の垣根と接しており、麦の脱穀も私たち小隊員の力を借りてすることになった。私と他の三人が選抜され、ク・ボンスルの家に行った。ク・ボンスルの妻は純真な農家の女で、私たちに格別な気遣いをしてくれた。その日の昼食は麦飯に米をたくさん混ぜたご飯だった。私たち四人は思う存分に食べた。

四月になると母が面会にやって来た。

「こうやってお前の顔が見られるとは、長く生きて来た甲斐がある」

母が目に涙をうかべながら言った。今も、母のその声が耳に残っている。

ある日、野原で仕事をしていると看守が訪ねてきて言った。

「班長は出所せずにここにいるのが、そんなに好きですか」

考えてみると、その日は四月一〇日。満期出所の一日前だった。それまで私はその日その日の任せられた仕事に専念していたせいで、自分がいつ満期出所するのかさえ知らずにいた。私は慣れ親しんだ小隊の同志たちと惜別の情を交わし、トラックに乗って釜山刑務所に向かった。

　釜山刑務所では既決四五号房に入った。部屋に入る前、看守が住所を尋ねた。「富平洞三街（プピョンドンサムガ）」というところまでは覚えていたが、番地までは分からないと答えた。すると、何番地だと教えてくれ、出るときにたずねるので覚えておいて答えるようにと言われた。五号房には無期刑を受けた二人と、一五年の刑を受けた一人がいた。無期刑を受けた二人は堂々と座っていたが、一五年刑を受けた人はため息ばかりついて、「騙された」と独り言を繰り返していた。彼が誰にどうやって騙されたのかは知らないが、無期刑を受けながらも堂々と座っている二人とは、とてもかけ離れた姿だった。堂々と座っていた二人を見ながら、次は私の番じゃないだろうか、と思ったりもした。彼らに無期刑を受けた経緯を尋ねてみたいという気持ちがないではなかったが、何も言わなかった。そうでなくても複雑な心境であるだろうに、たった二年の刑を受けて出所直前の私を、「それでも懲役か？」と嘲笑われる気がして何も言えなかった。むろん、本人たちはそんなことを思いもしないだろうが。出所を前にした私が彼らのためにできることといえば、これから私に出される二食を残すことだけだった。朝食と夕食。

　そうだ、食べずに譲ろう。私はご飯が出るたびに彼らの前に差し出した。私は寝ていたのか起きていたのか、その夜を明かした。朝になり、名前を呼ばれて出ると家人が洋服を持って来ていた。一九四九年六月二五日、宣伝責任者の裏切りで検挙されてから、二二ヶ月一〇日振りに釈放されたのだった。その当時の懲役日数は一ヶ月に五日ずつ減らす、米国式の計算法で行われていた。

出所してみると、釜山の町は北からやって来た避難民たちで超満員だった。この時「ハコバン」〔訳注：日本語の箱と、韓国語で部屋を意味するバン（房）が結合した語〕という言葉ができ、空き地ごとに掘っ立て小屋がぎっしりと並んでいた。波止場のほとりに建てられた掘っ立て小屋は飲み屋だったのだが、夜ごと客であふれかえっていた。日常生活の必需品も掘っ立て小屋で売っていた。米屋も掘っ立て小屋だった。国際市場で米軍服を売っている商人たちも、皆、北からの避難民たちだった。海では日本との密貿易が盛んに行われ、通称ビロードと呼ばれる日本製の生地と、絹のような高級生地が絶え間なく入ってきた。このような密貿易を取り締まる軍と警察、そして密貿易者たちの間で銃撃戦が起こったりもした。

こんな時代に私ができることは何か？　何もなかった。だからといって遊んでいるわけにはいかなかった。故郷から出てきた息子と娘を学校に入学させなければならなかった。同郷人が占有している、敵国が残していった家屋を一部屋借りた。ちょうど私が借りていた部屋の隣に、ソウルから避難してきていたキム・ギョンソプという人が住んでいた。その人は避難生活をしている学校関係者たちを少し知っているといって、娘をトンミョン女子中学に、息子をハンヨン中学校に入学させてくれた。そればかりでなく、私の前歴を知ってからは、私を助けようといろいろと気を遣ってくれた。

当時の市庁前は、第二国民兵の兵籍申請者たちでいっぱいだった。私が出所した一九五二年は休戦協定が成立する前で、三〇歳未満の男子は第二国民兵の兵籍申請をしなければならなかった。それがなければ道を歩くこともできなかった。ちょうど今の住民登録のように……。兵籍が無いとその場で取り押さえられたが、後で兵務係が発行してくれた。戦時に兵力を動員するために、あらかじめ兵籍を把握しておく必要があったのだ。こんな状況下でも商売に敏感な商人たちのなかには、市庁で申請書の書式をそのまま書き写すと印刷して、一枚一〇ウォンで売るという小利口な者もいた。私はこの点に着眼し、釜山市庁影島（ヨンド）出張所の構内に板で代書人事務所を作った。看板には「大韓軍警援護会代書所」と掲げ、官庁の承認を受けた。私は故郷の知り合いの大工に頼み、出張所の正門横を地固めし、そこに掘っ立て小屋を立てた。出張所の囲いの外には無許可で避難民の代書をする人たちもいた。だが客は市庁の出張所構内の代書人事務所の方が信じられると思うのか、私の代書所を訪れる人が多かった。おかげで当時の私の収入はとてもよかった。ある日、どうしたことか三人の人が代書所を訪ねてきた。

「あんたがコ・インチョルだな？」

その口調はまさしく刑事が被疑者を審問する口調だった。

「そうですが、あなたたちはだれですか？」

問いながらよく見ると、一人は私が影島区党で働いていたとき釜山市党の組織責任者として働いていたキム・サンム、もう一人は道党のオルグとして働いていたユン・ジンソクだった。そして残りの一人は彼ら二人を従えた刑事班長、キム・サムス巡査部長だった。キム・サンムとユン・ジンソクは裏切り者で、自分たちが党で活動していたときに知った人たちを訪ね歩き、難癖をつけては困らせていた。ただ、私はこの者たちを避ける必要はなかった。私が釜山市党の責任者として検挙され、二年の刑を受け受刑生活まで終えた時点で、彼らを恐れることは何もなかった。しかし、もし彼らが意図的に私を妨害し中傷して回れば、いくらでも苦しめられる可能性があった。彼らが出張所の所長に私の身分を告げ口した日には、その瞬間に私は糊口をしのぐことさえできない身分に落ちてしまう。

その日から、彼らは昼食時になると三日も置かずに訪ねて来て、昼食をおごれと無理強いをした。私の居場所を知ったのは、道党の青年部で働いていたソン・キサンという人が、出所したあと彼らに苛められた末、私がどこで何をしているのか教えたせいだった。本当に卑劣な人間たちだ。

そんなある日、姉から故郷の消息を聞いた。

家族全体が皆殺しにされるところだったという、気が遠くなりそうな話だった。牛島（ウド）支署で、支署と隣の家を空けさせると、逃避者の家族たちを収容させた。命令があれば、すぐに銃殺しようとしていた。収容所には私の家族と従弟のキム・スンファンの家族、それ以外にも数家族が一緒に収容されていた。身内の一人が逆賊のレッテルを貼られると、何の罪もない三族〔原注：直系・母の実家・妻の家〕まで滅ぼした朝鮮時代のように、極悪非道も甚だしい非人道的で野蛮な行為が行われるところだった。本当に歯ぎしりしたくなるような話だ。しかし幸いにも城山浦（ソンサンポ）警察署長が満州で独立運動をしていたムン・ヒョンスン氏で、このような虐殺命令は不当だと拒否し、なんとか切り抜けることができたのだった。

私はこのまま今の環境に安住するのか、それとも再び闘争の道に進まなければならないのか、岐路に立たされた。いずれにしろ、作られた組織で活動するのはだれでもできることだが、厳しい環境で新しい組織を作るのは血のにじむ努力と犠牲が要求される大変な作業だ。しかしどんなに難しく大変なことであったとしても、革命が要求するのなら行わなければならない。革命が必要な場所であれば革命組織を作らなければならない。そうだ。革命は簡単なことではないのだ。

日本へ

一九五三年七月二七日、休戦協定が締結した。私は代書事務所を甥が運用できるよう譲ってやり、日本へ行く決心をした。それまで私の本籍は咸鏡北道（ハムギョンプクト）清津（チョンジン）、名前はコ・インチョルになっていた。この本籍と名前で裁判を受けたし、懲役も受けた。私はこの名前と本籍をそのままにして船員手帳を作り、日本に渡った。

一九四五年日本の敗戦と同時に、在日本朝鮮人たちは日本で朝鮮人の権利と利益を擁護するための組織として〈朝鮮人総連盟〉を組織した。日帝植民地時代に日本で闘争していた同志たちが中心になって作った団体だった。韓国戦争が終わり、完全に廃墟になった北韓〔訳注：韓国では北朝鮮を北の韓国つまり北韓という〕の事情を知った朝連は「祖国を危機から救おう。持っている全てのものを祖国再建に捧げよう」と、スローガンを掲げた。同胞たちは廃墟になった祖国のために力を合わせた。私もまた、微力ではあるが力になろうと、あちこち忙しく駆けまわった。

当時の日本には済州島出身の同胞が多かった。私はこの人たちに祖国再建に共に参加するよう声を掛けて回った。しかし当時朝鮮と日本は国交が結ばれておらず、問題を迅速に解決することができなかった。ちょうどこの頃、インドで朝鮮赤十字社と日本赤十字社が会議を開いていた。その席で、「朝鮮と日本の間には国交が正常化していないが、帰国同胞の問題は人道的な側面で解決しよう」という結論が出た。

総連の同胞たちの北に帰る行列が始まった。その初めの出発は一九五九年、日本の新潟からだった。この時期から北韓の戦後復旧事業は早い速度で進められた。私はこのときを境に、日本を行き来することをやめた。韓国内での事業のためには仕方なかった。

母の悲報

一九五九年、「サラホ」という台風により南韓一体が大きな被害を受けたときだった。この年の陰暦五月五日、私の母が亡くなったという悲報を伝え聞いた。私のせいで生涯穏やかな日のなかった母……。しかし済州島三・一事件後、逃避者名簿に上がっている私の立場では、その悲報を聞いてもすぐには故郷に帰る決断を下せなかった。色々考えた末、私は結局冒険することに決めた。もし母が亡くなったことを知りながらこのままでいたら、私が故郷に行けることは二度とない。試練のなかに生き去っていった母の悲報を聞いたとき、私の身にどんな試練が訪れようとこれ以上帰郷を迷えないと決心した。そして私は牛島に入るとすぐ次の日に釜山に出るという計画を立てた。もしもの事態に備えてのことだった。

ここで、今まで書かなかった私の家族について簡単に書いてみようと思う。母はこの地の娘として生まれ、貧困と試練のなかにあっても、子供に対する深い愛情と子供の困難を共に分けあった人だった。そして母と同じくらい私を育て、面倒見てくれた姉を思い浮かべるたび、私の目頭は熱くなる。私を探して釜山、鎮州（チンジュ）、金海（キメ）をさ迷った姉は、日本に私が身を隠しているときも旅費を準備してくれ、故郷に帰れるよう助けてくれた。妻は私が二〇歳のときに牛島で出会い結婚したのだが、五男二女を一人で育て、言葉では言い尽くせないほどの苦労をした。私が出所した後、一九九六年に病気でこの世を去った。

実は、家族について話をしようとしても簡単に言葉にならない……。私は彼らに何もしてやれなかった。信念を共に分けあうこともできなかった。むしろ多くの苦痛をあたえた。胸が痛むばかりだ。

一九六一年五月一六日。

民主党政権が樹立してから一年もたたないうちに、陸軍少将・朴正熙（パクチョンヒ）が軍事クーデターを起こした。そんな渦中、私は母の三周忌を執り行うために故郷にいた。三周忌の祭祀を終えた五月五日、済州島警察署の刑事二人が家に来て令状もなしに家宅捜査をした。彼らは穀物保管庫の甕の中にまで手を入れて掻き回していたかと思うと、服を保管する長持ちの中まであさった。同郷のある一人の人間が私を北のスパイだと密告したせいで起きた事件だった。私はその時、組織の文献を電気の安全器の中に丸めて入れていた。ところが幸いにもその紙がほどけて、紙が安全器の内側にピシッと張り付いて落ちなかったため、刑事は安全器の蓋を開けては見たものの、その中が空っぽだと思ったようだった。鳥肌の立つ瞬間だった。捜査が終わり、私は刑事に連行されて牛島の派出所で一晩を過ごし、翌日、済州道警に連れて行かれ取り調べを受けた。道警察署には軍人たちがうようよしていた。彼らは一〇日余りにわたって私を拷問した。しかし証拠を見つけ出せなかった。結局私を追い出しながら、刑事は用心深く注文をつけた。

「密告者がだれだか知っているだろう。家に帰ってもその者にそぶりを見せないで、上手く取り繕うように」

しかし私はそこですぐに釈放されず済州警察署に渡された。私の身分書が問題で即決裁判に回付されるとのことだった。問題になった身分書は最初の懲役に服していたときに使用したもので、姓名はコ・インチョル、歳は二歳上の一九一四年生まれ、本籍は日帝のころ居住していた清津（チョンジン）になっていた。裁判に回付される条件は十分だった。私は一〇日間の拘留とされた。一〇日間は拷問、一〇日間は拘留、こうして二〇日間ぶりに警察署から抜け出すことができたが、私の行く末には危険な病魔が待っていた。

道警察署で受けた拷問のせいか、体がいうことを聞かなかった。済州市東門（トンムン）通りにあるチョンテモ病院に行き、診察を受けた結果、肝炎とのことだった。そのときは病室が満室で、私は通院治療を受け、八月一五日になるとようやく入院することができた。入院した後、肝臓に五百ccの注射器を挿し、膿を出した。しかし出しても出してもきりがなく、医者は結局、手術することに決めた。翌日、ろっ骨を二センチほど切り取り、肝臓の中心部にゴム管を挿すと膿が噴水のように出てきた。そうして管（くだ）の先端部分だけを残したままにして置いた。治療が終わり、挿したゴム管を完全に取り出すまで三ヶ月という時間がかかった。

党に召喚される

鎮海（チネ）に行くことになったのは一九六七年、一一月頃だった。

鎮海に来てから六ヶ月ほど過ぎた一九六八年頃、組織から日本に来いとの連絡があった。けれど国家保安法で懲役に服したため船員手帳が発給されなかった。船員手帳は外国に出るための一番簡単で便利な方法だった。

一九五三年から一九五九年まで、私が自由に日本を行き来できたのも本籍を清津と偽っていたためだった。ところが一九六一年に母の祭祀を執り行うために帰郷した際にスパイの嫌疑で済州道警察に連行されたとき、その事実がばれてしまった。本籍を偽る方法はこれ以上使えなくなった。原籍地（済州道）の警察文書には一九四七年三・一節の二八周年記念行事後、逃避者と記載されていた。身元証明書は必ず本籍地と原籍地の照会を経て発行されるため、私には船員手帳の交付を受けるすべがなかった。

ただ、まったく方法がないわけではなかった。地方官庁の長や、官庁で信頼できる人が保証してくれさえすれば問題は簡単に解決できた。考えた末、親戚のなかで警察の幹部職にいた人を訪ね、相談した。幸いにもその人が済州道警の文書係で働いている人に紹介状を書いてくれた。私はその紹介状を持って済州道警に行った。日本に行く理由は生活の問題を解決するためだと言った。すると、身元証明を発行してくれる代価に、これからは絶対に不穏思想で物議をかもさないという覚書を書くように言われた。私は覚書を書いた。それを確かめると、彼は何ら疑う点のない人間かのように、あっさり身元証明書を発行してくれた。その身元証明書のおかげで、忠武（チュンム）（今の統営（トンヨン））で船員手帳を交付してもらうことができた。

船員手帳さえあれば外航船に乗ることはそんなに問題にならなかった。五百トンに満たない外航船が多く、いわゆる「ナイロン船員〔訳注：本物の生地ではない偽物という意味〕」として乗船が可能だった。「ナイロン船員」とは船員名簿上では正式な船員だが、実際はお金を払って目的地まで行くために乗船する人を指した言葉だ。当時はお金を払って舟に乗る人が多かった。日本へ親戚に会いに行ったり、密貿易をしたりするためだ。私もまた三百トンの外航船にお金を払い、就職する身の上になった。

七・四南北共同声明と一〇月維新

私が到着した所は日本の神戸港だった。これから先の仕事に対する指示がそこで行われるのだった。私が鎮海で検挙されるまで（一九六八～一九七三・三・一六）随時、日本に出入りした。私が日本を出入りしながら行った仕事については、ここですべてを話すわけにはいかない。ただ、一つだけ自信を持って言えることがある。外国勢力の干渉で無念に引き裂かれた国の国民として、当然しなければならないことをしただけであり、裂かれた祖国が私に与えてくれた責務、それはまさしく「統一闘争」だったということだ。

一九七二年七月四日、南側政府の中央情報部長李厚洛（イフラク）が朴正熙の密使として平壌（ピョンヤン）に行き、金（キム）日成（イルソン）主席と挨拶する場面が新聞に大きく報道された。南と北が「自主・平和・民族大団結」という統一の原則に合意し、ソウルと平壌で「七・四南北共同声明」を発表した。この声明が発表されると国内はもちろん、全世界が驚いた。

しかしすぐに李厚洛は「北韓側とした一度の合意で、従来の私たちの統一原則が変わることはない」とし、世界の世論に水をさした。その翌日、金鍾泌国務総理も「安保体制の堅持と力による保障」を力説しながら、統一に対する幻想は禁物だと釘を刺した。

分断以降、初めて北と南が会い合意したと発表した「祖国統一三大原則」は、実に大きな歴史的意義を持ったものであった。だが、七・四共同声明で大きく膨らんでいた国民の統一に対する熱望は、一日も経たずして政権の安保に押し流され、黙殺されてしまった。朴政権は「南北間の敵対関係を解消していく」としながらも、同時に安保体制をもっと強化することを主張するという二つの顔を持ち合わせていた。だとすれば、共同声明は国民の視線を少しのあいだ別のところに向けるための手段に過ぎなかったというのか。

一〇月一七日、ついに政府は「特別宣言」を通じて、南北の対話と統一のためには独裁体制を維持しなければならないという「一〇月維新」を宣布するにいたった。統一の夢に浸っていた国民は突然の不意打ちを食らったことになる。こうした過程で「南北調節委員会」が発足されたが、相互間の誹謗をしてばかりで、一年も経たないうちに活動が中断された。私たち国民はこのとき高価な教訓を得たのだった。

――この地で統一を自由に論議できる民主化なしには南北の統一もありえない。統一の主人は政治権力を握り利用しようとする政権ではなく、まさしく私たち民衆だ。

時を経ずして全国に非常戒厳令が宣布され、国会は解散させられた。政党の活動も禁止され、各大学は休校となり閉鎖された。新聞と雑誌は検閲を受けなければならなかった。一一月二一日、憲法改定案の承認を要求する国民投票を実施した。朴正熙はここで確定された憲法で単独出馬し、再び大統領に選出された。維新体制は国家安保と持続的な経済成長を理由に、立法府と司法府を行政府の腰元に転落させ、朴正熙の一人独裁体制を完成させるためのものであった。

牛島（ウド）事件

一九七三年三月一六日、私は日本へ立つ前日、済州道警に連行された。わけもわからないまま連行された私は、「眠らせない」拷問と、彼らが日常的に行っていた何種類かの拷問を受けた後に釈放された。後になってようやく連行された理由を聞くことができた。

「三月三日の夕方、キム・スンファンがスパイとして北から来ました。牛島に入る途中、人を殺害して行ったのです。その事件に巻き込まれたキム・スンファンの嫁が、『高性華のせいで私の家庭は滅びた』と言ったため、先生を連行したのです。道警では無嫌疑で解かれましたが、対共分室でまた調査を受けないといけないはずです」

キム・スンファンは従弟で、解放後、私たちの陣営で一緒に働いていた。彼は三・一記念行事後、逃避者になり、釜山に身を隠した。釜山では市党の財政を作るために財政の一線で活動していたが、密告で逃亡し、北に逃避した。

まさにその彼が一九七三年三月三日の夜、工作船で牛島に来たのだった。自分の夫人に会い、どんなことを言ったのかは知らないが、帰っていく際に海岸で自分を知っている青年に会うと銃で撃ち、殺害したということだった。だがなぜキム・スンファンの嫁は私が自分の家庭を滅ぼしたと言ったのか。それは……解放後、私が彼女の夫を私たちの陣営で働かせ、夫をアカに仕立て上げたという理由からだったし、実際そうだった。

私は対共分室でひどい拷問にあった。そこにいる奴らにとって人の命は何でもなかった。彼らは存在しない罪まで存在するかのようにでっち上げるため、あらゆる手法を動員して恐喝・脅迫を行なった。そんななか、一緒に連行されて苦難を強いられていた妻が、最後まで耐えられず、私が台所で文献を燃やしたという話しをしてしまった。彼らはその一言にかこつけて拷問と懐柔、脅迫、残酷な取り調べを続けた。私は日帝のとき、命をかけて組織を死守したマ・ドンフィ同志を思いながら、勝ち抜こうと頑張った。しかし結局、彼のようには耐えられず、倒れてしまった。すべて、彼らの要求する通りに認めてしまった。彼らが作ったシナリオ通り、私はスパイになってしまった。そして半生を監獄で過ごすことになった。

その後、済州からソウルの南山に移送された。南山の建物は随分高いビルだった。夜には南山タワーが見えた。

第五章　信念を貫く

ソウル拘置所での生活

一九七三年三月三一日土曜日、私はソウル拘置所に収監された。私を連れてきた人間は、「些細な点は、この先、拘置所で取り調べる」という言葉を残して去っていった。私は自分の罪がどれくらい重いのかということさえ気づかないまま、未決少年囚たちがいる九舎二階三号房に収監された。

一週間ぐらいたった頃、私の記事が新聞に大きく出たようだった。「大物スパイ」だとか「固定スパイ〔訳注：交代や移動することなく、一定の場所にとどまり任務を遂行するスパイ〕」などと発表しながら……。もともと南側の新聞は、北側に関するすべてに対し悪く誇張して書くのが通例であった。新聞報道が出るや、私に対する看守たちの視線や態度が変わった。そんななか、向かい側の三四号房の青年が、一度、お菓子やコチュジャンなどを看守を通じて手渡してくれたことがあった。ありがたかったが挨拶もまともにできない状況だった。

ある日、担当検事であるチョン・ギョンシクから呼び出しがあるというので、看守に従って出頭した。他の検事と二人で使用しているチョン・ギョンシク検事の部屋には、私以外にも一般囚たちが何人かいた。チョン・ギョンシクは反共検事として「アクチル（悪質の意）」というあだ名で呼ばれていた。彼はその名の通り、眼下無人であった。私を見るや、はめていた眼鏡をはずすと、いきなり私の右頬を拳で八回も殴った。それから、

「音の出ない銃があったら、漢江の岸辺に連れて行って撃ち殺してやりたいくらいだ」とあたり憚ることなく暴言を吐いた。我慢ならなかった。

「そんなに検事が偉いのか！　人間のクズの取り調べはこれからは一切受けない。勝手にしろ！」

私が烈火のごとく怒りをあらわにし、取り調べに応じないと見るや、看守に向かって、

「今日はこのまま連れて行け！」

と言うと、それ以上私を刺激しなかった。

私の起訴状には罪名が「スパイ未遂」となっていた。しばらくのあいだ独房で生活していた私は、一審で死刑が求刑されると、手錠をはめられたまま雑居房である三四号房に移された。

死刑を受けると、それが求刑であれ宣告であれ、囚人の自殺を防止するために手錠がはめられたのだ。私が三四号房へ転房したあと、通房〔訳注：他の部屋とひそかに連絡を取り合うこと〕で知り合った人が、全羅南道（チョルラナムド）出身のソ・オギョル先生だった。先生は北から南下する途中で逮捕され、無期刑を宣告された人だった。ところが彼と同じ房にいた一般囚のうちの一人が出所後にまったくのデタラメを並べ立て、あたかも先生が発言したかのように取り繕って、事件をでっち上げた。その罪を先生になすりつけたせいで先生は追起訴され、ソウル拘置所に戻されたのだった。ソ・オギョル先生は北で金日成大学経済学部を卒業した。経済学分野では自他共に認める方だった。

私は一審で無期刑を宣告され、どうするべきか思案していたが、一審の判事であるクォン・ジョングンから担当検事であるチョン・ギョンシクが控訴したという通知を受け取った。このとき高等法院〔訳注：高等裁判所〕では、どうしたわけか官選のイム・ビョンス弁護士を指名し、私の弁護を担当させた。しかし高等法院で私の事件は棄却された。私は棄却されることを重々知りつつも上告した。無期刑がすでに既成事実であってみれば、懲役暮らしにはなんら変わりがなかったからだった。

ソウル拘置所で生活するあいだ、私の房には多くの人間が入って来ては、出て行った。韓国戦争のときに銃弾で片足を失った陸軍准将、チョ・ヒョックァンをはじめとして、詐欺犯、窃盗犯、強盗犯、スリにいたるまで様々な人間たちが生活を共にした。彼らは多種多様なその前歴に劣らず、生活スタイルも十人十色であった。チョー准将は毎日明け方四時になると起き出してきて般若心経を唱（とな）えた。他人が寝ていようがいまいがまったく意に介さなかった。また、ある一人のスリが自己紹介をした時に、「セビ大学」出身だと言った。「セビ大学」とはどういう意味かと訊ねたら、彼はスリが「セビ〔訳注：人の物を盗むこと〕」のことだと答えた。それを聞いて皆で大笑いしたことが思い起こされる。とにかく様々な人間たちと生活を共にしたが、維新独裁統治下の暗鬱な社会の一断面を見る思いだった。

○・七五坪、大田（テジョン）刑務所で

一九七四年四月一〇日、私は大田（テジョン）刑務所〔訳注：忠清南道（チュンチョンナムド）・大田（テジョン）市にある〕に移監された。国家保安法で刑が確定し、一緒に移監されることになった人は全部で五人だった。

　大田刑務所に到着した私は六舎三四号房に入った。当時の刑務所内には「転向工作班」が組織され、悪名をとどろかせていた。私が入ることになった房には、馬山（マサン）出身のキム・シプン牧師が収監されていた。彼が転向したため、その房を空け、私が入ることになったのだった。最初の頃は六舎に房がいくつくらいあるのか、収容人数はどれくらいなのか、といったことがま

ったくわからなかった。私一人だけがいるかのように静かだった。私がいた監房は〇・七五坪だということも、ずっと後になって知ったことだった。運動場は全体が四坪ほどだったが、それさえも木が一坪ほど植えられていた。長い懲役暮らしをする人間に、心理的圧迫感を与えるような運動場だった。

同志たちのあいだでは、運動に出るため廊下をわたる折に、各房の視察窓を通じて目で挨拶を交わすのが、癒しといえば癒しだった。しかしそれさえもソージや担当看守に見つかった日には、何を言ったのか、何を伝えたのかと詰問され、暴力的な取り調べを受けることになるほど、常識がまったく通じない世界だった。わずかばかりの大きさしかない視察窓を通して、いったい何が行ったり来たりするというのだろうか！ 危険を冒してまで目と目で挨拶を交わそうとするこの人たちは、どれほど孤独なのだろうか！ ちらりと視線を交わす程度だったが、それは独房に閉じ込められている人たちにとってこのうえない勇気と慰めを抱かせてくれ、孤独を忘れさせてくれる瞬間だった。

大田刑務所の教務課では、大田駅辺りにたむろし、暴力事件を起こしては監獄暮らしを繰り返しているようなゴロツキ連中に「転向工作担当班」を任せた。教務課はゴロツキ連中を四舎一号房に集め入れて、

「アカどもを転向させたら、早期に釈放されるよう取りはからってやろう」

と持ちかけ、同志たちに対し殴る蹴るの暴力を行使するように仕向けた。彼らは房の鍵を持ち、四舎を好き放題に使い、吸いたければタバコも自由に吸えるという恩恵にあずかった。四舎は五舎と六舎の間に挟まれた小さな建物で、転向工作班が集められた一号房が一番広く、残りは独房で四房あった。

彼らが最初に選んだ工作対象者は、こともあろうに、決して健康とは言えないチェ・ソッキ同志だった。チェ・ソッキ同志は六舎の独房にいたが、転向工作班が収容されている四舎一号房へと転房させられた。ゴロツキたちは、配食時間にチェ・ソッキ同志の分を受け取っておきながら同志に渡さなかった。チェ・ソッキ同志が抗議すると、

「転向すれば腹いっぱい食べられるようにしてやろう」

と転向を強要した。怒ったチェ同志は、

「お前たちは何様のつもりだ。誰に向かって転向しろというのか！」

と彼らを叱り飛ばした。チェ同志とゴロツキたちの間で怒声が飛び交ううち、ゴロツキたちはついに暴力を行使しはじめた。長い監獄生活で衰弱していたチェ同志は彼らの暴力に耐えることができなかった。チェ同志はゴロツキたちの暴力が横行する無法地帯で、看取る人もないまま孤独な生を終えた。やりきれない思いだ。

一方、六舎にもやくざ出身のイ・ドヌンという者がソージとして出役〔訳注：懲役囚として

働くこと〕していた。彼もまた、教務課長のキム・チヨンと「非転向長期囚のなかで、一人でも転向させることができたら、その功労で釈放してやる」という約束を交わし、六舎に配置された人間だった。

ある日、金善明(キムソンミョン)〔原注：一九九五年八月一五日、四四年一〇ヶ月間の服役生活を終え、出所した世界最長期囚〕同志がイ・ドヌンに呼び出された。じっと相手の様子を伺っていた金善明同志は、尋常でない空気を察すると、むしろ先手を取るのが賢明だと考え、相手の睾丸を思い切り握った。

「お前が私に暴力を振るうって？　私がそれに怖じ気づく玉だとでも思ったのか？」

予想外の攻撃に驚いたイ・ドヌンは懇願した。

「勘弁してください。これからは二度とあなたにこういう真似はしませんから。どうかこの手を離してください」

金同志はちょっと考えたあと、手を離しながら大声で叱り飛ばした。

「いいか、変なちょっかいを出すな。私はそのまま黙って殺(や)られるような人間じゃない」

金同志の勇気と機知が同志の命を救った瞬間だった。なんとも痛快な逸話ではないか。

アメリカ軍が上陸するや、二七歳で越北した金善明同志は、後に、新しい使命を帯びて南下する過程で捕まった。国防警備法違反で一五年の刑を受け服役中、さらに国家保安法違反で無期刑を受け、数十年ものあいだ服役することになったのだった。

金善明同志から酷い目にあった後も、イ・ドヌンの暴力は続いた。ある日、七号房に収容されていたパク・ユンソ同志に、イ・ドヌンがまた手を出した。パク同志は慢性的な胃腸病に悩まされていたが、夕食後、消化を助けるため狭い独房を行ったり来たりして、軽い運動していた。この光景を通りすがりにイ・ドヌンが見たのだった。

「いったい誰の許可を得て、部屋の中を行ったり来たりしているんだ?」

イ・ドヌンは担当看守に鍵をくれと言い、監房の扉を開けた。パク同志を六舎の洗面所に連れて出すと、威嚇した。

「転向すると言うなら許してやろう。いやなら半殺しにしてやる」

パク同志がそれに応じる筈が無かった。点呼の時間が迫ってくる頃になってやっと、パク同志を部屋に戻した。点呼の時間が終わるや、パク同志は自身の体を支えていることすらできずに倒れこんだまま昏睡状態に陥り、二度と帰らぬ人となってしまった。他の監房にいた同志たちはこの事実を知らぬまま翌朝を迎え、点呼を受ける時間になった。点呼のとき、どういうわけか七号房のところで時間がかかった。隣の部屋にいた同志が潜水鏡〔原注:運動場に時々落ちているガラスの破片を拾って来て、視察窓からこっそりと差し出し、外の様子をガラス面に映して見るために使う〕でこの時の光景を目撃し、パク同志の遺体を確認した。「転向工作班」という名の組織は「法の上の法」であり、祖国統一のために戦っているわれわれの前に「理由を必要としない処刑台」として横たわっていた。

本当に恥ずべき国だった。罪を犯して入ってきたゴロツキどもに、看守だけが持つことを許されるはずの監房の鍵を預け、好き勝手に使うよう仕向ける教導行政。思想を変えないから、捨てないからと、人間の命を蠅のそれよりも軽く扱う国。これが朴正熙（パクチョンヒ）統治下の大韓民国だった。

生と死の間（はざま）で――ピストルと転向工作

一九七四年当時、六舎の独房に収容されていた非転向政治犯の数は六十余名。彼らを独居房に収容するには部屋が足りず、雑居収容した房の数もかなりに上った。当時の教務課長はワル中のワルといわれるくらい悪質なキム・チョンだった。彼は朝鮮戦争の時に南下し、看守試験に合格、教務課長にまでなった人間だった。聞くところでは、朴正熙を狙撃した犯人である文世光（ムンセグァン）〔訳注：文世光事件、一九七四年八月一五日、大統領・朴正熙の夫人である陸英修（ユギョンス）など二名が在日韓国人の文世光に射殺されたとされる事件。日本からの解放記念日である光復節の祝賀行事に朴大統領夫妻が出席している時の出来事であった〕が処刑されるときに、刑場で牧師として立ち会うよう指名され、大田からソウルまで出張して死刑に立ち会うほどの忠誠心を見せたという。牧師という仮面をかぶり、キリスト教という宗教を悪用して転向工作をしながら、先頭に立って数多くの政治犯たちを虐殺し、弾圧した。

ある日、教誨堂に集まるよう指示があった。四棟から教誨堂へ至る道には、幅が狭くて細長い薦（こも）〔訳注：寒い時に牛の背中にかぶせるむしろ〕やむしろが敷かれていた。その両側に指導〔訳注：比較的刑が軽く、収容態度の良好な者で、看守の補助的役割をした〕と看守が立ち並び、囚人たちは裸足のまま、三～四メートル間隔を維持しつつ、その薦やむしろの上を歩かなければならなかった。その光景はまるで死刑囚が刑場へと歩かされて行くように重苦しく、私たちの思想がいかに危険視されているかということを今さらのように実感した。お互いが手の届く距離にいながら言葉も交わせないばかりか、目を合わせることもできなかった。そうでもしようものなら、その日がまさに喪主のいない葬式を出す日になるはずだった。教誨堂にある椅子は五～六人掛けの長椅子だったが、会話ができないように椅子一つに一人ずつ同じように座らせた。それでも偶然に互いの視線が合えば、それだけでもこの世でもっとも温かい癒しになった。記憶の片隅に残るのは、すえた匂いのする青い囚人服と獄苦に苛（さいな）まれ衰弱した蒼白な顔だけではあるが……。

教誨堂の壇上には高い机が置かれていた。その机の上に見えたものは、一丁のピストル！

いつものような儀式として、北からの工作員が携行していた所持品を見せながら、なんらかの中傷と誹謗をするのだろう。多くの同志たちもそう思っていたに違いない。けれどひと演説ぶっている教務課長キム・チヨンが漂わせる気配がいつもと違っていた。まるで最後の日を迎えた死刑囚に対するかのような厳粛な雰囲気だった。

「皆さんは、自身の思想が絶対普遍なものだと思っている。しかし今この瞬間にも、大韓民国の経済は目を見張るばかりの進展を遂げ、国民たちも貧しさから解放されつつある。これからもいっそう発展していくだろう。皆さんが持っている考えは間違ったものであり、それだけでなく、韓国の時代的要求である経済的飛躍を遮る障害にもなっている。皆さんに集まってもらったのは、皆さんたちが国家発展に障害になる考えを捨てるのか、それとも捨てないのかを、今ここで、決めてもらうためだ。それを決めるのは皆さん自身だ。国家に忠誠を誓う人になるのか、でなければ最後まで転向を拒み、死への道を歩むのか……。今から名前を呼ばれた者のうち、転向の意志がある者は右側へ、最後まで意地を通し、転向しないという者は左側に立て！」

私たちが持っている思想は、現在の大韓民国では存在することも、いや、存在してはならないから、我々を銃殺することすらためらわないという意味だった。なんと凄まじく、恐ろしい言葉だろう！

今日、非転向長期囚として釈放された人たちは、このようなピストルまで持ち出すような恐喝と脅迫にも屈せず、信念と志操を守り抜いた誇り高い人たちだった。

しかしその後、転向工作がなくなったわけではなかったが、彼らの態度は少しずつ変わっていった。次に待っていたのは物欲攻勢であった。

やむことのない転向工作の前で

大田刑務所には北から南に下ると福音教会を開いたキム・シンオクという人がいた。彼はアメリカの教会から支援を受け、中・高等学校財団と大きな教会を建て、成功した牧師だった。水曜日になると非転向長期囚を対象に刑務所の教誨堂で集会を催した。そこに集められた私たちは、彼ら一行が賛美歌を歌おうが、祈りを捧げようが、どこ吹く風。ただ無表情で座っていた。

キム牧師は自身も故郷は北だと自己紹介し、神を信じ、神に身をゆだねたおかげで成功を収めたと話した。今日から自分は監獄で苦労されている皆さんのために、水曜日ごとに礼拝を行う、しかし礼拝は行うが神を信じろとはいわないし強要もしない。ただ、自分は教会の信者たちが特別に作った食べ物を差し上げ、皆さんが健康であるようお手伝いしたいだけだから、ぜひおいしく食べて頂きたいと言った。彼らの意図がどうあれ、彼らの作った食事が我々の健康維持に一役かったのは確かだった。飯はアズキを混ぜて作った赤飯だったし、おかず類も、一般社会でいえば特に裕福な家庭でだけ口にできるようなものばかりだった。

この食事の饗応は三ヶ月ほど続いた。しかし彼らが私たちの歓心を買おうと傾けた情熱に比べ、その成果は微々たるものだった。この時期、転向した人は一人だけ。それも以前から転向の意志を固めていた人だった。

礼拝後、いざ食事の饗応を受けてみると、何かしら社会に戻ったような錯覚を覚えた。今さらのように、窓の鉄格子の、またその上から金網をかぶせてある、あの独房での暮らしが嫌になった。しかし私たちは、あのおぞましいほどに暗い監房へまた戻らなければならないのだ。命が尽き果てるその日まで、真の統一政府が樹立されるその日まで、この暗闇は続くのだろうか……。私たちはそんな覚悟と希望の狭間で生をつないでいたのだ。

高秉澤（コビョンテク）と出会う

ある日、六舎のソージから興味深いことを伝え聞いた。

済州島が故郷の高秉澤という人が、済州島出身の人や、あるいは面会に来る家族もいない長期囚のうちで支援を望む人がいたら援助をするという話だった。けれど誰もその話に乗らなかった。むろん、長期にわたり懲役暮らしをしている私たちにとってはまたとない話だった。けれど状況が状況だった。一つでもあげ足を取られるようなことがあれば恐喝、脅迫、拷問などのあらゆる手段を使って転向させようと躍起になっている局面で、ソージの言うことを信じ、もろ手を挙げて応じる人がどこにいるだろうか。その上、転向工作班のある四舎から伝わってきた話でもあった。

　そんなある日、教誨堂で行われた集会で私は偶然にも高秉澤の近くに座ることになった。私は好機だと思い、彼に出身と姓が高氏ならどの派〔訳注：同氏族の中の系統・祖先の順で派として区分する〕なのかたずねてみた。

「出身は済州市吾羅洞（オラドン）で、高氏の典書公派（チョンソゴン）で二三代孫です」

　と答え、今度は彼が質問してきた。

「あのー、姜昌擧（カンチャンゴ）先生をご存知ですか？」

「……？　姜昌擧先生は姜昌輔先生とどういう関係かご存知ですか？」

　私はびっくりして聞き返した。

「その方は姜昌輔先生の実の弟で、私は姜昌擧先生の娘婿です」

姜昌輔（カンチャンボ）先生！「ヤチェイカ」を組織して立ち遅れた済州島を目覚めさせ、婦女子たちに字を教え、一九三一年に起こった済州島海女抗争を事実上指揮した人。実際、済州島四・三抗争もまた、先生が育成した人材たちが主導し、起こしたも同じだった。その姜昌輔先生が高秉澤の義理の父の兄に当たるというのだ。

思いがけない場所で信頼のできる人物に出会ったのだった。高秉澤（コビョンテク）は済州島の五賢（オヒョン）高校を卒業すると日本に密航、日本の東京大学経済学部を卒業した。海外技術者研修協会の職員として従事し、彼の地で結婚もした。そんななか老父母の顔を見たさに、済州島にいる次兄に済州島へ戻っても大丈夫だろうかと打診したそうだ。二番目の兄は普段から親しく付き合っていた対共分室〔訳注：共産スパイを摘発するためにもうけられた警察庁・対共課の分室〕職員に、弟が故郷を訪問しても問題はないだろうかと訊ねた。その職員から身辺の安全を保障されると、戻って来ても大丈夫だと弟に告げた。七・四南北共同声明が発表されて間もない頃だったし、誰もが南と北に和解と協力関係が生まれると信じていた時期だった。けれど反共を第一の国是として掲げた朴正熙政権が、独裁を強化するための手段として七・四南北共同声明を利用したに過ぎないという事実を正確に見通せる者が誰もいなかった頃でもあった。

高秉澤の次兄は対共分室と交わした約束もあり、弟を呼び寄せることになんら危惧心を抱かなかったようだ。高秉澤自身も疑うことなく、故郷の両親に会いに来た。しかし対共分室側は約束を反古にした。高秉澤が幾日間を両親と共に過ごし、日本に戻るため金浦空港に到着するやスーツ姿の男が慇懃に言葉をかけてきた。

「高秉澤さんですよね。ちょっと一緒に来ていただけますか？」

そうして連れていかれた所は、かの有名な「南営洞〔訳注：対共分室のひとつで、特に過酷な取り調べで悪名高い〕」だった。激しい拷問と暴力が加えられた。後に高秉澤から聞いた話では、その昔、朝総連〔訳注：在日朝鮮人総連合会〕が主催したセミナーで発言したことがあったという。それを理由にスパイ罪をでっち上げられたあげく、懲役一〇年という重刑が宣告され、刑務所暮らしを余儀なくされたのだ。日本からは高秉澤が勤務していた会社の専務にあたる人が面会に来て、新たに赴任してきたビョン・ヨンフン教務課長と面談した。刑務所側は、「転向書を書けば、八・一五〔訳注：一九四五年八月一五日の日帝からの解放を記念した祝日。その日を記念して特別赦免、仮釈放などが実施されることが多い〕に釈放する」と約束した。それで彼は転向書を書いたが、それから七年と二ヶ月あまりを経て八・一五に出所した。

高秉澤は出所の間際に、日本に戻ったら一年に四回ずつ送金するから、健康維持のために使えと言った。また、図書目録を送るので、読みたいものがあったら知らせろとも言った。彼は出所すると、約束どおりに高氏一族の族譜〔訳注：家系図〕を送ってきた。族譜は無事に差し入れられた。これは次回から書籍を差し入れるのに問題が起こらないようにするためだった。もともと国家保安法違反で収監されている者には、血縁関係のない人からの差し入れは許可されていなかった。そのため彼は出所の際に、私との血縁を証明することで私への差し入れが可能になるよう前もって段取りしたようで、そのことで教務課長から了承を取り付けたのだった。

高秉澤が出所してふた月ほどしてからだっただろうか、教務課長が運動場にいる私を探しに来て、高秉澤から金〔訳注：領置金〕が届いたと知らせてきた。使ってもいいとのことだった。送金額は韓国のお金にして一一万九千ウォンほどだった。私は胸の奥深くで感謝の涙を流した。懲役暮らしのなかで交わした無責任とも取れる約束を実践することは簡単なことではない。ひと坪に満たない監房に閉じ込められ、禅僧のように壁ばかり眺め暮らす私にとって、たった一冊の本であっても定期的に読むことができるのだという事実が、生きる意欲を与えた。私は高秉澤のおかげで、刑執行停止で一九九三年三月六日に出所するまで刑務所内でもそれなりに余裕のある生活を送ることができた。私は出所してからも三回にわたって彼から援助を受けることができた。

その後、高秉澤は定年を迎え、現在は手が震えるパーキンソン病に冒され苦労しているという。思うに、彼は心根の本当に美しい人だった。今も彼が病で苦労しているというのに、私は彼の力になってやることさえできないでいる。

パク・スンチョルという若者

パク・スンチョルという青年がいた。彼は強盗罪で五年の刑を受けたあと安養(アニャン)刑務所〔訳注：京畿道(キョンギド)・安養市にある〕に送られ、刑務所内の印刷所に回された。その印刷所では少なからぬ政治犯たちも役に服していた。彼は政治犯たちになつき、政治犯同士がやり取りする秘密メモの伝達役をしていたのだが、それが刑務所側にばれてしまった。パク・スンチョルは国家保安法違反で再起訴され、五年の追加刑を受けるはめになった。その後、大田刑務所に移監され、転向工作班がけしかけるゴロツキたちに真っ向から立ち向かった。結果、彼は体を壊すことになった。それでも彼は転向しなかった。

私は不憫に思い、彼にたずねた。

「共産主義がどういう思想なのか理解した上で転向しないでいるのか？」

「安養刑務所の印刷所で服役しているあいだ、一緒に働いていた先生方からいろいろ学びました。そのとき、わが国が統一できないのはだれのせいなのかというのも初めて知りました。日帝時代の親日派がアメリカと手を組み、単独政府を樹立したということも分かりました。日帝のすさまじい暴虐のなかにあって、屈することなく祖国の独立と民主政権の樹立のために戦った真の愛国者は、ひとえに共産主義者たちだけだったという事実も理解しました。真の民主主義政権とは、人と人とが敬愛の念でつながり、個人の権利と独立が保障される政権だと学びました。また、隣国の民族とは共存と安全を保障し合い、この世に真の平和が打ち立てられるよう努力することもまた、共産主義者たちによってこそなされるのだということを理解しました。こんな歳になるまでまったく知る由もなかった世の道理を安養刑務所で習い、それが正しいと思い至ったので転向を拒否しました」

私は心から感動した。それ以降、私たちは互いに信じ合う仲間になり、モールス信号さながら監房の壁をコツコツ叩き、互いに意志の疎通をはかった。

そうこうするうちに、ある日突然、彼は大邱（テグ）刑務所〔訳注：慶尚北道（キョンサンプクト）・大邱市にある〕に移監された。彼の刑期が満了する一九七五年、清州（チョンジュ）保安監護所〔訳注：忠清北道（チュンチョンプクト）・清州市にある。刑期を終えても非転向者はそれを理由に出所が許されず、保安観察法の名のもと引き続き収監され、その対象者を収容する施設〕が予定通り完成せず、全国で百余名以上の非転向政治犯たちが一時的に大田刑務所へ収監された。我々は六舎を空け、五舎に転房することになったが、六舎には保安監護所に収監される予定の人員が一時的に収容された。そのときが彼を見かけた最後だった。

合房

一九七四年一二月三〇日、百余名以上の非転向政治犯が一時的に大田刑務所に集められるや、独房が不足し、合房が可能な収容者たちはみな転房させられた。今まで独房で話し相手はもちろん、活字ひとつない生活の状態から合房することになるとは、飛び上がらんばかりにうれしかったが、喜んでばかりもいられなかった。〇・七五坪の狭い空間にわざと五名ずつ収容することもあったし、そうなるとそのこと自体が拷問に等しかった。私が入った房はクォン・ヤンソプ、チェ・ソンモク、そして私を含め全部で三名。みな無期囚だった。

一九一七年生まれで私より一才年下のクォン・ヤンソプは家が貧しく、普通学校を卒業後、職を転々としながら車の運転免許証を取得、その後はトラックの運転手になったが、日帝時代に地下組織で活動していた兄に従いて満州へ行き、そこでレポを担当していた。解放後は南労党（ナムノダン）〔訳注：南朝鮮労働党〕の党員として活動、一九四六年、大邱一〇月抗争に参加し、手配され検挙、懲役四年の重刑を宣告された。韓国戦争の時期だった一九五〇年七月二九日、三年以上の刑を宣告された者は無条件で処刑されたが、幸運にも彼は病舎に収容されていて、事情を知らないまま何とか生き残ることができた。九月二八日のソウル収復〔訳注：朝鮮戦争の過程で一九五〇年六月二八日、朝鮮軍に占領された首都・ソウルを韓国軍とUN軍が同年の九月二八日に奪還した」後に、大邱刑務所から釜山刑務所に移監され、そこで刑期を終え出所した。私も二年の刑を受け釜山に収容されていたときだった。

六〇年代後半、クォン・ヤンソプの実の弟であるクォン・ヨンソプの縁故を利用し南派してきたユ・ウィファがクォン・ヤンソプを汽車で見かけ、接触して来た。それ以降、ユ・ウィファはクォン・ヤンソプの家に滞在しながら活動することになる。当時はユのように、朝鮮労働党員といえば、その地位や上下関係はさておいて戦略上の統一革命党員として自他共に認めるエリート的な存在だった。一九七二年、南で活動中のユ工作員に北から帰還命令が下った。ユ工作員はその間の活動を整理し、報告書類としてまとめると、それを携えて北からの工作員と落ち合うための場所へ出向いていった。しかし迎えに来るはずの船が来ず、接触に失敗、報告書類と共に現行犯逮捕されてしまう。彼は南での活動実態をすべて自白してしまった。そのせいでクォン・ヤンソプは彼の妻や上の息子も合わせて逮捕され、残りの息子三人は全員が孤児院に送られた。彼所有の家屋や家財道具などはすべて政府が没収した。彼は裁判の過程で、主犯のいない裁判を受けることはできないと異議を唱えるや、ユ・ウィファが情報機関員に連れられ法廷に現れた。このとき、ユ・ウィファらと活動を共にした安東(アンドン)生まれのイ・デシクが、

「お前が我々を売ったのか？」

と迫ると、ユ・ウィファがうなずき、イ・デシクが、

「薄汚い奴だ！」

といいながらユ・ウィファにつばを吐きかけたという。ユ工作員が捕まったときに北への報告書類を身に着けていたなら、活動事実を否認するのはどだい無理な話だろう。しかし捏造の可能性も否定できなかった。私は今も首謀者であるユ工作員に対し多くの疑念を抱いている。

クォン・ヤンソプの妻は三年六月の刑、長男のクォン・ナッキには一〇年、それにイ・デシクには無期刑が言い渡され、六舎で共に受刑生活をすることになった。クォン・ヤンソプは一審で死刑が宣告された。彼は憤怒から控訴を放棄すると言い出したが、周囲の説得で控訴し、無期刑に減刑された。

一九九三年三月六日、いわゆる文民政府〔訳注：金泳三政権時代〕が、刑期を問わず七〇歳以上の非転向長期囚たちを刑執行停止で釈放したのだが、彼はその時に出所した。しかし健康がすぐれず出所後も闘病生活が続き、一九九七年三月一八日に永眠した。クォン・ヤンソプと同時期に釈放されたホン・ムンゴ、イ・ジョンファン、パク・ムンジェ、それに私はいまだ健在だ。

チェ・ソンモクの履歴を言うと、彼は一九二八年、江華島の貧農の家に生まれた。普通学校にも行けず、両親を助けて幼い頃から畑仕事をした。韓国戦争時、人民軍が江華島を占拠するや義勇軍に入隊し、義兵として前線に飛び込んだ。アメリカ軍が上陸すると人民軍と共に後退し、休戦後は人民軍所属「ファソン楽器製作隊」に配属され楽器製作に従事、そのすぐれた技能を認められた。除隊後は軍服務の経歴をかわれ、咸興(ハムン)の楽器製作所で働き、六〇年に党中央に召還されると咸鏡南道(ハムギョンナムド)の幹部学校に六ヶ月間修学した。その後、幹部学校が共産大学に改編されると一九六二年七月に南派命令が下った。彼は南に入るとすぐに兄を訪ね、以前と同じように南で畑を耕しながら暮らしたいと言った。兄は承諾した。しかし当時小学校の六年生だった甥っ子が彼を訝(いぶか)しく思い、警察に密告した。南に来たものの、一日目にして検挙されてしまったのだ。一二歳の幼い甥っ子の密告……！　彼には南に実の娘が一人いたのだが、そのときまで連絡が取れないでいた。

　チェ・ソンモクは手で作れるものなら何でも上手だった。刑務所で配給される服はいつもぼろぼろだったから、そのままではとても着られなかった。それでそのたびに糸で繕わなければならなかったのだが、彼は自分が着ていた囚衣を破ると細い繊維を抜き出し、手早く糸に縒った。私も彼に習って生まれて初めて糸を縒った。皆は前もって糸を作り貯めしたのだが、彼はその必要はないといいながら、自分が縒った糸を皆に公平に分けてくれた。一度、こんなことがあった。チェ・ソンモクが分けてくれた糸を隠し持っていたのを、悪名高い看守、オ・モンドゥンに見つかってしまった。我々が苦労して縒った糸をオ・モンドゥンは全部没収した。それだけでなく、彼の名前よろしく〔訳注：「モンドゥンイ」は韓国語で「棍棒」の意〕棍棒で殴打されるという屈辱まで甘受しなければならなかった。笑うに笑えない思い出のひとかけらだ。

険しく、困難だった当時をふり返ると、それでもましだったのがこの二人の同志と生活を共にした時期だったろう。他の同志に対しても寛容だったこの二人の同志。私は今でもこの二人と真の同志的共同生活をしたと信じている。

短すぎる合房生活だったが、これから先、三人にいかなる非人道的横暴と暴圧が加えられようとも命を賭け、我々の思想と理念、意志を硬く守り、貫こうと誓い合った。そして我々の願いが成就するその日まで、健康でいることを約束して別れることになった。

ビョン・ヨンフン教務課長

ある日、教務課長からの呼び出しだといって看守が私を連れに来た。高秉澤からの送金があってしばらくしてからのことだった。課長室に入ると、教務課長は面と向かっていきなりこう切り出した。

「わかっているだろうが、家族以外の人間からの援助は、領置金だろうと差し入れ品だろうと一切受け取れないことになっている。しかし高秉澤が出所の折に、特に懇願したこともあって、彼からの送金が使えるようにしてやったんだ。紙一枚のことだ。簡単でいいから、そろそろ書いたらどうだ？」

課長のいう意味を察すると、私は毅然として拒絶の意志を表明した。

「今この国では、共産主義の『共』と言うだけで罪人になります。共産主義の本質については、ちゃんとした説明が一切無く、社会主義のソ連は悪い国、自由主義のアメリカは良い国だとだけ宣伝しています。資本主義は平和を愛護する体制で、社会主義は人間性を抹殺する侵略勢力だといったような、主客を取り違えた正反対の事実だけを並べ立て、『反共』という掛け声のもと、真実を売り渡すようなことを、そのまま黙ってみていることはできません。よく御存知でしょうが、日帝統治下で祖国の光復〔訳注：日帝植民地からの解放〕のために命を捧げて戦った人たちはだれだったでしょうか？　共産主義者たちだったということです。いかなる者であっても、このことは否定できない歴史的事実じゃありませんか？　李承晩が永久執権を画策、企てた三・一五不正選挙が発覚し、四・一九革命でアメリカへ追われるようにして逃げ出した事実を、あなたはどう説明するつもりですか？　そういう社会、そういう制度、そういった資本主義の矛盾した思想が作り出した結果だとは思いませんか？　あなたが押し付ける思想転向制度は、選択の自由を奪い、事物に対する正しい認識への自由をさえぎる制度です。受け入れることはできません。送られてきたお金も、そういう条件でなら受け取るわけにはいきません」

私は憤然として席を立つと、そのまま課長室を後にした。

またこんなこともあった。私を担当した教誨師はシン・ハグンだった。刑務所の教化雑誌である「新しい道」が、「北はトンネルを掘り、人民軍がトンネルを通じた奇襲作戦で赤化統一〔訳注：北朝鮮による統一〕を画策している」という宣伝に熱を上げている頃、シン・ハグンはこの題目を持ち出し、私の腹を煮えくり返させた。

「共産主義者たちは毎日のようにこんな腹黒いことをたくらんでいる」

私は無視しようと思いながら、次の瞬間、我慢ならず聞き返した。

「このトンネルの写真はどちら側から撮影したものですか？」

「南側から撮ったものだ」

「だとすれば、北側はふさがっているのに、どうしてこのトンネルが北側から掘ったといえるのか理解に苦しみます」

するとと言葉に詰まったシン・ハグンはいきなり大声を張り上げた。

「写真をよく見ろ！」

「いくら眺めても北側は通路がふさがっているし、南側は開いているので、何と言って良いのか、言葉に困ります」

それだけ言うと私は席を立った。シン・ハグンは無知な人間だ。もとは看守だった。夜間大学を卒業すると教誨師の試験を受け合格したのだが、徹底した反共主義者だった。彼は現在大田刑務所の教務課長をしているが、年配で、有無を言わさず人を殴り蹴りつける悪辣な人間として記憶に残っている。

そんなことがあってからも、高秉澤から送ってきた金はその都度きっちりと私の手元に届いた。私はその金を有意義に使った。それ以外にも高秉澤は日本の「太陽」という月刊雑誌を毎月送って来たし、私が読みたい日本の雑誌も送ってくれた。私にとって彼は心からの友であったし、皆にありがたい人だった。

黄金よりも尊い同志愛——死の淵から救い出してくれた同志たちの闘争

一九八三年四月一八日の出来事だった。その当時は六舎の独房に収容されている同志たち全員が外で一緒に運動することができた頃だった。その日は妙に周囲が静かだった。私は風邪の熱で一人布団をかぶると、横になっていた。片足を切断した姜宇奎(カンウギュ)は運動場に出たところでたいした運動もできないせいか、独房の前の廊下を退屈そうに行ったり来たりしていた。私がいる独房の視察窓を静かに叩く音が聞こえたのでそちらに目をやると、こちらをのぞき見ながら、

「具合はどうだ?」

と言う。私が大丈夫だと答えると、彼はしばらくじっと様子をうかがっていたが、何も言わずに立ち去った。

実は三日前から血尿が続いていたのだが、医務課にも連れて行かれず、動けないまま寝ていたのだった。ただでさえ量の少ない五等飯〔訳注：量によって等級が定められた配給飯で、一等～五等があり、五等は量が一番少ない〕でさえ食べる気になれず、熱が上がり意識が朦朧として、四方がかすんでいった。眠るようにして意識を失い、深い死の淵へと沈みながら、呼吸が止まってしまった。運動場を一回りして戻って来た姜宇奎が私の房をのぞきながら、蒼白な顔のまま息をしていない私を発見すると担当看守に向かって、

「人が死んでいる！」

と声を張り上げた。

当時の六舎の担当は大田刑務所で野党だと噂されるほど筋の通った発言をするチェ・ユンシク看守だった。チェ看守は走ってくると私の独房の扉を開け、布団をめくった。死んだように呼吸の止まった私を見ると、彼はすぐさま保安課と医務課に知らせた。医務課長はすでに帰宅した後だった。急ぐままに、無期刑を宣告され大田刑務所で服役していたキム・デス博士が私の状態を見るために呼ばれてやって来た。彼は医学博士で、もとは大邱刑務所の医務課長だったのだが、北から下ってきた弟と会ったことが国家保安法違反に問われた人だった。キム・デ

ス博士がやってきた時には、私の体のすべての機能が完全に停止していた。瞳を灯りで照らしてみても、足の裏を引っ掻いてみても、膝を叩いてみても、まったく反応がなかった。キム・デス博士は私を病舎に入舎させ、鼻から空気を吸い出し、呼吸を確保して蘇生させてみようと言った。けれど運動から戻って来た六舎の同志たちは、廊下に並んだままキム・デス博士の申し出を拒絶し、私を外部の病院へ連れて行くことを要求した。その場はたちまち険悪な空気に包まれた。

　事態を察したチェ・ジョンヒョク刑務所長は幹部会議を招集した。彼はその日、安養刑務所へ転勤になっていた。刑務所長は、在所者たちの反発が強いので、まず外部の病院に私を搬送し、生きようが死のうが外部に任せるのが得策だと判断、忠南（チュンナム）大学付属病院に連絡した。私の呼吸が止まったのが午後一時頃、護送車で担ぎ出されたのが午後六時半を回っていた。それさえも、六舎の同志たちが刑務所側をせかし、早くしろと抗議を続けてくれた結果であった。同志である金善明（キムソンミョン）が一緒に同行するといったが、刑務所側はこれを認めなかった。

　六舎の同志たちは夕食と入房〔訳注：入室〕を拒み、詳細がわかるまで廊下に集合していた。当時の保安課長は北出身のキム・ジネという人で、なんでも肝臓癌だということだった。死ぬ日がさほど遠くないと思っていたのかどうか、私たちに対してさほど攻撃的ではなかった。私の生死がはっきりするまでは入房を拒否するという同志たちの頑強な姿勢に、刑務所側は困り果てた。以前のように、暴力を行使することもできないようだった。解決の方法はただ、私の生死を同志たちに正確に伝えることだけだった。

私が病院で再び目を開けた時刻は夜の一一時だった。わずかな時間ではあるが意識が戻り、かすかに目を開けてみると周囲が白っぽく見えた。房内は薄暗いのに、どうして今はこんなに明るいのだろうか?

精神が朦朧としてまた目を閉じた。

「高さん、私が誰だかわかりますか?」

私は目を閉じたまま、ぼんやりとした頭でその声の主がだれなのか考えてみた。長い時間考えたすえに、その声の主人公が当時六舎を担当していたイム・ゲビン主任だということに気がついた。私がイム主任の声のようだと告げるや、バタバタと足音が聞こえた。うるさいほどに多くの足音が聞こえ、なぜか急に周囲が静かになりはじめ、私はまた意識を失った。その夜、私が息を吹き返したという知らせが真っ先に六舎の同志たちに伝えられた。同志たちは夜の一二時になって、ようやく入房した。

私は翌朝の七時まで意識不明の状態だった。目を開けた時、真っ先に飛び込んできたのはキム・デス博士の姿だった。そこは大田刑務所の病舎一号房だった。わずかの時間だったが病院で意識を取り戻すや、すぐさまだれかが私を背負い、車に乗せ大田刑務所に身柄を移したのだった。意識を取り戻した私は、そのあと、三号房に移されると、金善明が自ら申し出て私を看護するためにやって来た。金善明同志はまだ結婚もしていない、言わば老いたやもめだった。私は平素から彼のすがすがしい品性と実践力には敬意を払っていた。彼はまさに生きている共産主義者の標本そのものだった。彼は謙虚で、同志たちには等しく愛情を持っていた。金善明同志の献身的な看護のおかげで私は少しずつ健康を取り戻していった。

金善明同志が六舎に戻されたあと、パク・ワンギュ同志が病舎にやって来た。パク同志は北で自身が経験したことを詳しく聞かせてくれた。パク同志は包容力があり、同志間で起こったことに対し、なるべくなら批判しようとはしなかった。長期にわたって収監生活をすると、通常は神経が過敏になるのが普通だった。些細なことに感情的になり、互いに対立することもあった。パク同志はそういう面をよく理解し、同志たちのわずかな過ちもかばい、わかろうとする懐(ふところ)の深い人だった。彼とはこの時が二度目の合房だった。

同志たちの心のこもった看病で私は少しずつ健康を取り戻していった頃だった。ある日、教誨師のキム・ボクスルが私の長女と末娘を連れて病舎へやって来た。私を担当していたキム・ボクスル教誨師は、この機会にと私の二人の娘を利用し、転向工作を試みようとした。家族に私が危篤だと知らせ、家族の方から私が転向するよう説得させるつもりだったようだ。彼の腹を見抜いた私は、二人の娘に言った。

「人はこの世に生まれ、その寿命を全うすると死ぬものだ。私は今のこの瞬間まで、いかなる思想的妥協も拒み、純潔性と志操を守って生きてきた。私は監獄で死ぬつもりだ。しかし無期刑を受けはしたが、自由と解放を放棄したことは一度も無い。今日だろうか、それとも明日だろうか、いやいや、もう少しかかるかもしれない、来年だろうかと気を揉みながら日々を送って来た。私は自分自身のために生きてきたのではない。この国の統一と民族の和合のために生きてきたのだ。お前たちは済州で四・三〔訳注：一九四八年四月三日、済州島で起った民衆抗争〕を経験し、よくわかっているだろうが、四・三は単独政府樹立に反対したために起こった事件だ。お父さんはこの事件が起こる前に釜山に出てきたのだが、あのとき、逃避者の家族だといわれ、全員が監禁されたこともあった。お前たちもよく覚えているだろう？　我々になんら過ちは無いにもかかわらず、アメリカ軍政は西北青年団のゴロツキどもに罪咎のない若者たちを監禁させ、弾圧した。私はこれらの横暴を避けるために釜山に出て来たのだ。それなのに、そんな我々家族は逃避者一家だとののしられ、苦しめられたことを思うと、今でも悔しくて怒りがこみ上げてくる。四・三事件はアメリカ軍政下での愛国的闘争だったのだ。

娘たちよ！　国の統一と民族和合のために献身してきた人たちを共産主義者だと弾圧し、国家保安法まで作った挙句（あげく）に捕まえて閉じ込めるというのは、反民族的な行為だと云わざるを得ない。それればかりか、家族一人のために全家族に連座制という足かせをはめ、罰することが、果たして人間社会においてあっていいことなのだろうか？　お前たちはこの父を二度とたずねて来る必要はない。私もまたそれを望むまい。それよりも家に戻って、自分たちの将来について考え、努力してほしい。お父さんは生きるだけ生きてきたし、進むべき道を進んできた。今日死んだとしても思い残すことはない。私が死んだら刑務所側で適当に埋めるだろうから、死屍を探し出そうというような無駄な苦労はする必要はない。話はこれだけだ……。さあ、そろそろ帰りなさい……」

娘たちは涙を流しながら私の話をじっと聞いていた。横で監視していたキム・ボクスル教誨師も、私が機先を制し口を挟む隙を与えなかったので、ひとことも言えないまま天井を見つめていたが、やがて娘たちを連れて病舎を出て行った。

皮肉にも、私はその後も二一年という長い歳月を生きながらえている。私が今日まで生き、活動できているのは、当時の同志たちの闘争が今の私に力を与えてくれているのだと思わずにいられない。あのとき、姜宇奎同志が具合の悪い私を気にかけてくれていなかったら私は生きていなかっただろうし、六舎の同志たちの同士愛と団結した力がなかったら病院にも行けないまま、今頃は一握りの土に変わっていたことだろう。私心のない至高至純な思想で繋がり合った同志愛が私の生命までも救い出したのであった。このときのことを思うたび、いつも胸の底から熱くこみ上げてくる歌がある。

黄金よりも尊い同志愛……。そうだ。彼らはこの世のいかなる物、誰とも代えることのできない存在、私の血と肉なのだ。

病舎へ移る

大田刑務所で新築した新しい獄舎は全部で二〇舎あった。そのうち一八舎と一九舎、それに二〇舎は非転向長期囚を収容した所で、敷地内のもっとも端にあるひっそりとした獄舎だ。私たちが中村洞(チュンチョンドン)にあった旧舎から、大井洞(テジョンドン)に新築された新しい獄舎に移されたのは一九八四年のことだった。新しい獄舎に移され、分散収容される過程で問題が生じた。外部からの面会などがない、経済的に苦しい同志たちを二〇舎に集め、比較的、余裕のある同志たちは一八舎に集めるというように、分別収容したのだ。二〇舎に収容されている同志たちへの支援問題に心を砕(くだ)いていたが、これといった良い方法は見いだせなかった。一九舎を間に挟むことで、私たちが互いのやり取りができないようにと、教務課が仕組んだのだ。一八舎に収容された人はわずか八名だった。

ある日のこと、医務課担当部長のペク・キウが私を訪ねてきた。

「どこか具合の悪いところはありませんか？」

ペク部長は教務課の教誨師たちのような悪党ではなかった。週に一度は薬処方記録簿を携えて病舎内を回りながら、十分とはいえない量ではあったが、病気の同志たちに薬を処方していた。一九八三年四月一八日に、私が心臓麻痺で死線をさまよったことを知っていた彼は、私に対し格別な気使いを見せてくれた。

……この絶望の島から抜け出すにはペク・キウ部長を説得するのが上策かもしれない。

私は転房を望むならペク部長にすがるしかないと考えた。収監者の要請で転房することはかなり難しかったからだ。

「この頃、妙に体がだるくて力が入らないんです」

「今は病舎が満員の状態で、空いている独房がないんだが……。合房でもかまわないなら病舎に移れるとは思いますが」

「合房で結構です。すぐに段取りして下さいますか」

病気の在所者を病舎に入れるのはペク部長の権限であり、教務課とは関係のないことだった。

翌日私は病舎に入る手続きをし、病舎三号房に配房された。そこで一人の懐かしい同志に出会った。旧刑務所の五舎にいた時に二ヶ月ほど同じ房にいたことのあるヤン・フェソン同志と再会したのだった。

ヤン同志と私が同じ房で生活することになったのは、その当時、清州(チョンジュ)監護所が未完成だったため、保安監護法の適用を受け出所できない同志たちが、一時、大田刑務所に移されて来たためだった。私たちは監護法で移されてきた同志たちのために、やむを得ず六舎を空けて五舎に転房することになり、移った先の五舎でヤン同志に会ったのだった。

監護法で六舎に収容された同志たちと五舎に転房した私たちは、狭い空間に押し込められ、皆が苦しい生活を強いられた。独房が四〇室だった六舎に、監護法を適用されて収容された同志たちの数は一一〇名。非転向長期囚を収容する五舎には、独房が二五室しかなかった。両舎ともに収容人員はあふれ、おまけに部屋数は話にならないほど足りず、筆舌に尽くし難い生活だった。その上、季節が夏だったこともあり困難に追い討ちをかけた。座っている間はまだしも、寝るときにはまさに生き地獄を彷彿とさせた。その歳月を共にし、苦楽を分かち合ったヤン同志と病舎三号房で思いもかけず再会し、また日々を共にすることになったのだ。うれしくないはずがなかった。

私がいた病舎三号房の隣の二号房にはチョ・チャンソン同志が入っていた。一九七四年四月九日、私の刑が確定しソウル拘置所から大田刑務所へ移監され、六舎三五号房に入れられたとき、すぐ隣の三六号房にいた人がチョ・チャンソン同志だった。チョ・チャンソン同志は自分に配られた五等麦飯の四分の三ほどを私に送ってくれた。胃潰瘍であまり食べられなかったのだ。刑務所で我々に配られるのは麦と大豆の混じった五等飯だった。ひと握りにしかならないほどのわずかな量のものだったが、それさえも全部食べられずにいたのだ。その姿は本当に痛々しかった。

日本の宇都宮大学留学中に朝鮮総連に関係する人物と接触したという容疑で連行され、無期刑を受けて病舎に看護係として出役していた全羅北道扶安郡（チョルラブクトプアングン）生まれの獣医師、チェ・ギュシク先生が我々を気遣ってくれたのが、それでも不幸中の幸いだっただろうか。

一九八七年六月抗争と良心囚たちの戦い

私が病舎へ転房したのは同志たちが固めて収容されている二〇舎へ行くためだったから、もともと病舎に長くいるつもりはなかった。二ヶ月ほどで病舎を出たのだが、それもまたペク・キウ部長に計らってもらったのだった。

一九八七年頃、「大統領直接選挙制」を実施するという盧泰愚（ノテウ）の「六・二九宣言」が発表された。六・二九宣言が発表されるまでには数多い民主闘士たちの犠牲があった。一月一四日、拷問で命を落とした朴鐘哲（パクチョンチョル）君事件に続き、六月九日には延世（ヨンセ）大学の学生だった李韓烈（イハニョル）君が警察の撃った催涙弾にあたり死亡した。政権の殺人的な暴力と圧力は、それまで市民たちがこらえていた独裁政府に対する憎悪心に火をつけた。街中いたるところ「護憲撤廃」、「独裁打倒」の叫び声であふれかえった。政権がさしむける暴力警察も、野火のように燃え広がる民主市民たちの闘争をさえぎることはできなかった。国民たちの民主化への熱望に軍部独裁政権も手を上げるしかなかった。そしてついには、大統領直接選挙制の道を選択せざるを得なかった。

我々の刑務所生活にも一大変革が起きた。運動は階ごとにするが、時間は一時間に延ばされた。敷地内の一角に小さな畑を作ることも可能になったし、新聞の購読はもちろん、書籍の検閲も緩和された。外からの個別的な支援を受けることもでき、直系家族以外の知人とも文通ができるようになった。これらすべてが民衆たちの団結した力により六月抗争に勝利した結果であった。

六月抗争以降、国会議員選挙でも野党の勝利を引き出した。金大中が率いる平和民主党、金泳三の民主党、それに金鍾必の共和党の議席数が与党である民主正義党の議席数を上回り、与小野大の政局が生まれた。

一九八八年五月二五日、清州監護所に収監されていた徐俊植という同志が五一日間の断食闘争のすえ出所したという話が伝えられた。徐俊植同志は日本で生まれ、ソウル大学法学部に入学した在日僑胞の学生だった。卒業を前にして兄である徐勝と共に北のスパイ容疑で逮捕され、徐勝同志は無期刑、徐俊植同志は七年の刑を宣告された。しかし俊植同志は満期の七年に加え、さらに一〇年余りの刑務所暮らしを余儀なくされた〔訳注：当時、非転向者は刑期を終えても非転向を理由に社会安全法が適用され、出所を許されず、保安監護所で収監が継続された」。彼は保安監護所で死を覚悟し、五一日間にも及ぶ超人的な断食を敢行、釈放を勝ち取ったのだった。当時は監獄で断食をすれば、監房内にある物で食べられそうなものはすべて押収された。塩もなく水だけで五一日間を耐え抜くというのは、まさに奇跡のような出来事だった。彼は出所後にも野党の党首たちを訪ね歩き、保安監護法の非人道的な側面と不当性を訴え、撤廃を主張した。一九九七年三月一九日、クォン・ヤンソプ同志の葬儀の席で初めて彼を見るまでは俊植同志の顔も知らなかったが、常日頃からすばらしい同志だと考えていた。

一九八九年、清州監護所から社会安全法で収監されていた同志たちが解放されはじめたのも、俊植同志が人権運動の第一線で同志愛を持ち続け、活動したからだと固く信じている。彼は今でも民主闘士として活躍しており、最近は「人権運動・サランバン」を設立し、人権活動を行っている。名誉を得るための英雄主義者たちの処身とは違い、常に自己を犠牲にしながらも、地道に人権問題に取り組んでいる同志だ。私は韓国で人権問題がきっちりと解決されることが、すなわち民主主義が根付いた証（あかし）だと確信している。

鉄格子の中の良心たち

私たち非転向長期囚が一五舎一・二・三階に分散収容されたとき、三階の一号房に収容された徐勝同志を初めて見た。当時徐勝同志は学生だったが、自己の思想と信念を守り抜くため、自らの命を捨てる決心をした人だった。彼のゆがんだ顔を見たとき、私は感動と共に羞恥心と後ろめたさが交差した複雑な気持ちになった。それは、徐勝同志のゆがんだ顔が大韓民国の現在を語っているように見えたからだ。

私がまだ三〇代の青年だったころ、闘争のために死を覚悟したこともあった。しかし現在の私には、徐勝同志のような闘争は考えにも及ばない。高齢が理由といえばそうなるだろうか。如何に真理と志操を守るというのは、長い闘争を通じて鍛え上げられた人にだけ可能なことだ。信念に忠実で、それに生命をかけたとしても、肉体に加えられる苦痛に打ち勝つのはそれほどたやすい事ではない。たとえ徐勝同志の顔はゆがんでいたとしても、それは祖国と民族の良心を守り抜いた、誇らしい証(あかし)だった。たとえ生を捨てたとしても、思想と信念を捨てることはできないという闘争の証(あかし)、まさにそれが彼のゆがんだ顔だった。徐同志は経済的に苦しい同志たちに惜しみない支援も厭(いと)わなかった。私たちに比べれば歳もいまだ若かったが、修養を重ねた真に同志らしい同志だった。

一九九〇年、一五舎に予想もしない曙光が差しはじめた。三〇年以上服役した七〇歳以上の者は釈放する、という通達が飛び込んで来たのだった。その条件に該当する同志はキム・ウテク、ホ・ヨンチョル、ユ・ハノク、パン・ジェスン、チャン・ホ同志ら五名だった。ユ・ハノク同志は半身不随の体で運動もままならなかったが、毎朝の冷水摩擦を欠かさない人だった。ユ同志にとって冷水摩擦が彼の生を支えた健康の秘訣だったのかもしれない。彼は出所後、忠北〔訳注：忠清北道〕にある福祉施設で暮らしていたが、出所した他の同志たちの努力でソウルに移ることになり、二〇〇〇年九月二日、信念の故郷である北朝鮮に送還された。

無知の所産、転向工作

以前のような暴力の限りを尽くした転向工作が難しくなると、刑務所側はさらに陰険なやり方で非転向長期囚の名誉を傷つけはじめた。

一五年の刑を受けたキ・セムン同志の場合、満期出所を何日後かにひかえたキ同志が最後まで転向しないとみるや、彼の夫人をひそかに呼び、転向書に彼女の拇印を押させ、釈放するという真似をしでかした。「南民戦事件〔訳注：正式名称、南朝鮮民族解放戦線準備委員会。一九七九年一一月に発生した事件〕」のイ・ムンヒ女史の場合も、刑期の満期日に、代わりに兄が転向書に判を押して出所したし、パク・パンス同志も同じ手法で出所することになった。

高麗大学を出て「統革党事件〔訳注：統一革命党事件、一九六八年に一斉摘発され、検挙者一五八名のうち五〇名の拘束者を出した事件〕」で無期刑を受けたイ・デシク同志は一九八七年、面会に来た父親から自身が胃がんであり、あまり長く生きられそうにないと告げられた。これを聞いたイ同志が動揺するのを見てとった父親は、自身の弟子である当時の法務部長官、チョン・ヘチャンを訪ね、息子を釈放してくれるよう頼んだ。息子が転向すれば釈放するという約束を取り付け、なんとかイ同志を転向させた。しかし出所できないまま父親の臨終にも間に合わず、父は父で息子の顔を見ることすらかなわず、息を引き取った。あらゆる脅迫と小汚い懐柔にも微動だにすることなく、巨石のように立ち続けたイ同志、二〇余年にもわたって守り続けてきた信念。けれど父親の臨終という窮地が、口惜しくもその信念にひびを入れてしまったのだった。

本人の意思を無視する形で、「代理捺印」という手段を用い、転向させたという報告を上層部に上げると会心の笑みを浮かべる教務課工作班。そこに勤務する教誨師たちの醜悪な姿はとても見ていられなかった。「代理捺印」によって他人の思想を転向させたと自慢するとは……、苦笑すらできない。

　シン・ハグン教誨師の次に私を担当したのは釜山出身のソン・デヨンという教誨師だった。釜山大学を出たという彼の顔は温和で純真そうだった。ある日、私は彼との対話のなかで批判めいたことを言った。

「小学校から大学までの一六年ものあいだ、ご両親の苦労のおかげで勉強ができたはずなのに、その代価がこんな仕事をすることですか？　良心を守り通そうとする思想犯を前にして、まるで血に餓えたオオカミの群れのように、思想を転向させようと縦横無尽に飛びかかることが、果たして正しいことだと思いますか？　しっかり勉強したなら、それなりのところに使うべきです。自分の父親とかわらないような、しかも統一のために身を捧げた私たちに鞭を振り上げるとき、良心の呵責を感じませんか？」

　私の言葉の意味を理解したのかどうか、しばらくして彼は辞表を出し、職場を去っていった。

　私たちの闘いは日帝時代となんら変わることがなかった。日帝がわが民族に加えた暴圧と、今日の現実のそれと、一体どこが違うのだろう。今この瞬間、この国を支配している者たちは日帝の走狗たちの後裔ではないか！　私が数十年にわたる監獄生活で出会った刑務所幹部たちのなかで、これといった迫害を加えなかった人間はほんの一握りだった。歴代の教務課長の中ではビョン・ヨンフン、保安課長では北が故郷のキム・ジネ、所長ではチェ・ジョンヒョク、それ以外は判で押したように典型的な大韓民国官僚たちだった。

民主化実践家族運動協議会と良心囚後援会

一九九〇年、我々にも春が訪れた。

一九九〇年の冬、民家協良心囚後援会から送られて来た冬用の防寒下着のうち、袖のないチョッキが一枚、私にも配られた。それまでは一度もなかったことだ。

わが同志たちは一五舎三階に分散収容されていた。まだ我々の存在自体が知られていないころだったので、我々に差し入れを入れてくれる人は珍しかった。ときおり、社会団体が救護品を送ってきたとしても、まったく面会に来る者のない同志たちに優先的に配られた。教務課では我々に物質的な支援をしてくれる宗教団体を斡旋することも少なくなかったが、私たちはそんな不純な意図を持った支援は頭から拒否した。そのほかにも、個人的に姉妹結縁〔訳注：互いに助け合うために姉妹関係を結ぶこと〕を結ばせることで転向させようとする工作も画策したが、我々の収監年数や生活態度を熟知するに及んで、それもあきらめたようだった。

我が同志たちのほとんどが南の出身で、親兄弟や親戚たちも南に暮らしてはいたが、保安法の連座制条項のために、彼らが面会に来ることはなかった。それでも会いたさが募り、接見申請をすれば、転向を前提にするという条件付きだったので、申請そのものをあきらめざるを得なかった。

一九八〇年代には、若者たちが軍事政権反対のデモで収監されることも一度や二度ではなかった。息子や娘を奪われた母親たちが、わが子を支援するために一九八五年一二月頃に作った組織が、「民家協」だった。我々の存在が世に知られるようになったのは、「民家協良心囚後援会」が設立され、長期間拘束された私たちを「良心囚」と規定し、釈放運動と後援活動をはじめたのがきっかけだった。母親たちは獄にとらわれた息子、娘たちとの面会で刑務所に足を運ぶうち、矯導行政の暗鬱とした一面を知ることになる。そして刑務所の暗い影の中で数十年にわたり、この地上で最も狭い〇・七五坪の部屋で生活させられていた私たちの存在を知ることになった。民家協の母親たちはその温かい愛の手をなんら関わりのない私たちにも差し伸べてくれた。このように民家協の母親たちと良心囚後援会の活動によって、我々の実体が一つまた一つと社会に知られるようになり、そのおかげで私は一枚のチョッキを手にすることができたのだった。

ふり返れば、大韓民国には独裁政権を打倒するために多くの犠牲があった。

一九八七年の六・二九宣言のあと、大学生たちは軍事政権の退陣を叫びながら街頭デモを繰り返した。一九八八年の五月には文益煥（ムニッカン）牧師がユ・ドンホ先生と共に統一問題を論議するため、政府の承認を得ないまま平壌（ピョンヤン）を訪問、金日成（キムイルソン）主席と会談した。文牧師は帰国後、すぐに収監された。

一九八九年七月二〇日から二七日まで、平壌と白頭山（ペクトゥサン）で祖国の平和と統一を願って「国際平和大行進」が行われた。「全国大学生代表者協議会（全大協）」の第三代議長であるイム・ジョンソク君は全大協の代表をこの行事に派遣することを決め、代表として当時学生だった林秀卿（イムスギョン）嬢を送りだした。この行事は五大陸・三〇余カ国から来た「国際平和人士」と日本をはじめ、アメリカ・カナダ・ヨーロッパ・それに中国とソ連（当時）に在住する同胞たちが参加した盛大な集会だった。平壌と白頭山での林秀卿嬢の活動は国内外に大きな衝撃を与えるとともに、とてつもない反響を呼び起こした。大会が終わったあと、林秀卿嬢は禁断の壁、三八度線を堂々と徒歩で越え、韓国に戻って来た。このとき、この幼い女学生を保護するため、後を追うようにして北へ入ったムン・ギュヒョン神父が彼女と共に三八度線を越えた。

一九八〇年代は武装した警察と徒手空拳の学生、市民たちが真っ向からぶつかり、闘い、一日がデモで明けデモで暮れる、そんな時代だった。

私に配られた袖のないチョッキ……。このチョッキを編み続けながら母親たちは何を思っただろうか？　〇・七五坪の独房で、刑務所が出す麦飯と薄い汁をすすりながら、どうやって二〇年、三〇年、四〇年と生きて来られたのだろうか。人間としてとても耐えられない環境の中、どうやってその長い歳月を克服したのだろうか。チョッキを編みながら母親たちはそんなふうに思ったに違いない。分断された祖国を統一するために闘争した私たちに、人間以下の扱いをし、拷問を加え、死に追いやろうとする政府のおぞましい蛮行を思ったに違いない。一筋の救いの光をも期待できない鉄格子の中に閉じ込められ、歴史から葬り去られた多くの魂のことを思ったに違いない。だれも同情しないアカたちのために、チョッキを編み続けながら涙を流したであろう民家協の母親たちと後援会の人々を思うとき、私は目頭が熱くなるとともに、恐縮するばかりだ。チョッキは今も大事に持っている。

民家協良心囚後援会は今日も休むことなく組織を拡大し、獄にとらわれている良心たちを救出するために東奔西走している。私たちが自由を取り戻すことができたのは、何よりも「民主化実践家族運動協議会」の母親たちが暑さ、寒さをもろともせず、この国の良心たちのために先頭に立って闘って下さったからだと信じてやまない。

大田(テジョン)からの最初の出所

一九九〇年二月二八日、午前四時、徐勝同志は獄中で一九年と何ヶ月かを暮らし、自由の身となった。ひと言で一九年というのは簡単かもしれないが、一九年という獄中生活がそれほどたやすいものであるとは思わない。徐勝同志のご両親は徐勝、徐俊植(ソジュンシク)兄弟の出所を待たずして亡くなられた。獄中で苦しんでいるであろう二人の息子を思いながら、その最期は決して安らかなものだったはずはない。徐勝同志も忌まわしい監獄から解放され、弟に会った喜びもひとしおだっただろうが、ご両親のことを思うとき、悔恨と怒りを禁じえなかっただろう。でも、どうすることができよう。これらすべてが祖国をして、彼にあたえた首かせであるものを。

一九九一年一二月二四日、キム・ソッキョン、パク・ポンヒョン、イム・ビョンホ、チョ・チャンソン同志が出所することになった。そのうち、まだ歳の若いチョ・チャンソン同志は数年前から胃潰瘍を患って刑務所の麦飯も満足に食べられず、長期間の闘病生活をしていた。

一九九二年六月二三日と七月二〇日に、大田で生活していた私たちを選別し、大邱(テグ)、全州(チョンジュ)、光州(クァンジュ)へ移監したことがあった。パク・チョンニン、カン・ヨンジュ、チョ・サンノク、オ・ヒョンシク、ソン・ソンモ、ホン・ミョンギ同志は大邱へ、シン・グァンス、シン・グィヨン、キム・チャンウォン、アン・ヒチョン、チェ・スイル、チャン・ウギュン同志は全州へ、ヤン・ヒチョル、イ・ジェリョン、キム・ソンマン、イ・ゴンスン、イ・ギョンチャン、キム・ドンギ同志は光州へと送られた。一度に多くの同志たちを移監させたので、大田刑務所はがらんとした空き家のように感じられた。一五舎の一階を空け、我々は二階と三階へ転房させられた。

大田刑務所収容者名簿

ヤン・ジョンホ　ウ・ヨンガク　キム・インジク　パク・ムンジェ
キン・ソンミョン　アン・ハクソプ　ハン・ジャンホ　パク・ワンギュ
キム・インス　チェ・ハジョン　クォン・ヤンソプ　チェ・ソンモク
アン・ヨンギ　キム・ウナン　チャン・ビョンナク　ユン・スガプ
ホン・ムンゴ　コ・ソンファ　ホン・ギョンソン　イ・ジョンファン
キム・ヨンス　キム・ミョンス　シン・イニョン

計　二三名

我々が収容されている一五舎二階の担当看守はイ・ソッキュという名前だった。大田刑務所で収監生活を送るなか、我々を人間として扱った看守は彼が初めてだっただろう。

いつだったか、手紙を書くため独房から出してもらった折に、担当である彼とたまたま長話しをしたことがあった。彼の話では、父親は酒癖が悪く、そのせいかどうか家庭は貧しかったらしい。その貧困から逃れようと、看守になるべく、心血を注いで勉強したおかげで試験に合格したのだそうだ。彼に一五舎に収容されている我々をどう考えているのかを、たずねてみた。

すると彼は、大韓民国の官吏として自分の立場をはっきりと言うわけにはいかないが、自分が一五舎二階を担当しているあいだは皆さんの便宜を最大限はかるつもりだからと話し、安心しろと言った。

そんなある夜、頭が割れるほどの頭痛に私は眠ることさえもできずにいた。夜中の一時ごろ、いたたまれずに起き上がると、頭を振ってみたり手のひらで叩いてみたりと、そんなことを繰り返していた。その日の夜間勤務担当はイ・ソッキュだった。ちょうど私の房の前を通りがかったイ・ソッキュが、なぜ寝ないのかと私に聞くので、頭が割れそうに痛いからだと答えた。すると彼は何も言わずに立ち去った。三〇分位して、医務課の夜間勤務の看守が来ると、明日の朝、医務課長の診察を受けてみろと言いながら注射を打ってくれ、血圧の薬を与えられた。

私が大田刑務所に移されてからこんな応対を受けたのは初めてのことだった。他の看守だったなら、そのまま見て見ぬふりをするだろうに、医務課まで行き勤務看守に治療の依頼をするというのは、人間的な情がなければできないことだと思われた。彼は私が刑執行停止で出所するまで終始一貫して私たちへの配慮を惜しまなかった。

しばらくして教務課のほうで一五舎二階に一〇坪ほどの広さを確保したことがあった。そこに政府の宣伝用にとテレビを設置したので、ちょっとした広場ができた。担当看守が気を利かせてくれ、私たちはこの広場をたびたび利用することができた。時にはそこで政治講座を開いたりもした。最初の講義はチェ・ハジョン同志が抗日パルチザン闘争当時の苦難の行軍について語った。その次は私が社会主義の実現に関して講義を持った。この講義は何日間か続いた。

予想もしなかった出所

月が替わり三月六日の朝、所持品をまとめろという正式な通知を受け取った。それまで想像もしていなかったことが現実のものとなると、出獄できない同志たちを前に、すまなく思う気持ちでいっぱいになってしまった。それは私の同志的な愛情であり感情ではあったのだが、どうすることもできなかった。キム・ソンミョン、アン・ハクソプ同志は四二年、ハン・ジャンホ同志は四〇年……、私はこれらの同志たちに心の中ですまないとしかいえなかった。

同志たちと再会することを誓って、惜別の情を分かちあった。同志たちは我々の出獄を同志的愛情でもって心から喜んでくれた。彼らは遠くにある舎棟の門の外まで出て来て、私たちを見送ってくれた。

私は……、刑務所の外に出ると初めて、刑務所暮らし二〇年を経てついに社会に戻るのだなという現実感が沸いてきた。一方で、いまだ三〇年以上を獄中で暮らす同志たちを思うと、やはり心が重かった。

私の脳裏をある思いがよぎった。「獄中一八年」という本の著者で、日本共産党中央幹部だった徳田球一、志賀良雄、金天海(キムチョネ)の話だった。日帝が一九二七年、日本共産党を破壊するために、一道、三府、二〇県で展開した日本共産党員をいっせいに検挙した事件があった。彼らはそのときに検挙され一五年の刑を受けた。一九四二年に刑期が終わると釈放されるはずだったが、日帝は「非転向」を理由に思想観察法を適用し、引き続き拘束した。結局一九四五年、日帝が敗戦するをもって、彼らは釈放された。三人は釈放後「獄中一八年」を出版し、自身たちの闘争を日本社会に広く知らしめた。

これら三人は、朴正熙軍事政権時代に施行された社会安全法と同一の法に縛られ、元の刑期に加え、さらに三年もの間、服役しなければならなかったのだった。彼らが検挙された一九二七年、日帝は日本全域で共産党員一六〇〇名を検挙した。そしてあらゆる拷問を加え、転向工作を繰りひろげた。だがこの三人だけは転向させることができなかった。この三人は、まさに真理と正義に対する意志が透徹した人たちだったのだ。

このようなことは一四世紀にもあった。コペルニクスの地動説が正しいと信じたイタリアの神父、ジョルダーノ・ブルーノの話だ。ブルーノはローマのキリスト教法廷で、神の教える「天動説」に背く「地動説」に惑わされてはいけないという法官の言葉に、ためらうことなく、こう答えている。神の教える「天動説」は間違っている、と。

　彼は地下牢に八年間閉じ込められたあと、もう一度キリスト教法廷に引きずり出された。いまだ、地球が太陽の周りを回っていると信じているかという法官の問いに、地球が太陽の周囲を回っているのは真理だと答えるや、火に投げ込まれた。このように死をも辞さない真理に対する確固とした意志は、人間だけが持ちえる美しい特性だ。

　命を懸けて真理を固守した日本共産党の三人の人たち、そしてジョルダーノ・ブルーノは人類史の中で永遠にその光を放ち続けるだろう。詩人の金麗水(キムヨス)は日帝植民地時代に次のような詩を残した。

竹として折れようとも
柳として曲がることなかれ
一日(いちじつ)の生(せい)たりとて
願わくは潔(いさぎよ)き営(いとな)みを

日帝に媚び、敵にへつらう者たちにはうってつけの警句に違いない。「偉大だ」という言葉は、わが同志たちを語るときにはいくら使っても使い足りないだろう。「流芳百世〔訳注：誉れのある名は百代まで残るの意」という言葉がある。わが同志たちは先覚者として人類の歴史に永遠に輝く、流芳百世の人たちだ。

娘が持ってきてくれた服に着替え正門を出ると小雨が降りだした。正門の前には教務課から連絡を受け釜山から駆けつけた二人の娘、ソウルから来たチョ・ソンウ先生と写真記者、大田(テジョン)地域の民主人士たちが私たちを待っていた。ホン・ムンゴ同志は迎えに来た兄と一緒に出発し、行く当てのないイ・ジョンファン同志は、あらかじめ教務課のほうで段取りしていた養老院へ発ってしまい、歓迎式にはクォン・ヤンソプ、パク・ムンジェの二人と私を含め、三人が参加した。私は歓迎式の席で次のように挨拶した。

「一、二年ではなく、二〇年という長い歳月のなかで、私たちは残虐な拷問と計り知れない恐怖に苦しめられながらも、一日一日を生きながらえて来ました。この歴史を短時間で言い尽くすことはできません。これから先、少しずつお話しする機会もあるでしょう。今日は、私たちのために遠いところまで足を運んでくださった皆様に感謝の言葉をお伝えし、挨拶に代えさせていただきます」

大田で簡単な歓迎式が終わると、クォン・ヤンソプ同志はソウルへ、パク・ムンジェ同志と私は釜山へと向かった。その日の費用は歓迎会に出席した人たちがもってくれた。釜山に到着し駅の出口から出てくると、私たちを待っていた青年、学生たちが歓迎の歌を歌ってくれた。心からありがたく、誇らしかった。なにかしら、気持ちが満たされた思いだった。彼らの歓迎は私たちに大きな力を与えてくれた。知らないうちに社会はこんなにも変わったのか！　二度の軍事独裁が民衆をこんなにも覚醒させたのか！　私は恥ずかしくなった。事実そうだった。統一戦線においてそれらしいこともできず、これといった成果も得ないまま、二〇年を無為徒食で過ごした人間を英雄としてもてなしてくれるとは……。本当に恥ずかしかった。彼らにありがとうと言うかわりに、一人ひとりと手を握り、迎えに来てくれていた娘婿の家へと向かった。

　釜山で暮らす従妹や従弟など親戚一同が訪ねてきては、その間の労苦をねぎらってくれた。私が獄中にいるあいだに一度も面会に来られなかったのは連座制のためだったという。

　三月一七日、ソウルにある東国（トングッ）大学で執り行われた文益煥（ムニッカン）牧師の歓迎式典に出席した。私とクォン・ヤンソプはその席に招待されたのだった。この歓迎式にはイ・ブヨン議員も参加した。文益煥牧師はわが国の進むべき道について熱弁をふるった。私の番になり、私は収監中に経験した政府当局の非人間的な諸事に対し暴露発言をした。久しぶりに大衆の前に立ってみると、うまく順序だてて話せなかった。言いたいことも満足に言えず、言葉をうまく表現できなかった。

帰りの道すがら、リー・インモ同志が入院している釜山大学病院に寄った。行ってみると、ソウルや全国各地に分散させられていた同志たちが見舞いに来ていて、病室は超満員だった。ここに、リー・インモ同志について「リー・インモ」という手記からの内容を参考がてらいくつか記す。

リー・インモ同志は朝鮮戦争当時、従軍記者として戦線に参加した。彼はその後、米軍の仁川上陸で退路が絶たれるや智異山（チリサン）に入山し、慶南道（キョンナムド）党の宣伝責任者として活動し、検挙された。捕虜交換〔訳注：一九五三年七月、朝鮮戦争の停戦協定締結と共に行われた国連軍捕虜と朝鮮軍捕虜の交換〕当時、交換されず服役した。後に釈放され、釜山の影島（ヨンド）にあったハンド劇場で働いているところを再検挙され、再度服役した。刑期が終わると非転向を理由に清州監護所に収監された。そして社会安全法が保安観察法に変わると釈放され、養老院生活を送ることになった。リー・インモ同志は、「マル」という月刊雑誌のシン・ジュニョン記者の協力で自叙伝を執筆し、広く知られるようになった。彼は北へ戻ることのできた唯一の送還者だった。当時、北へ戻ることのできる基本条件は、戦闘兵ではなく従軍記者だったからだ。金泳三大統領の文民政府時代のことだ。

第六章　新たな世の光と済州で会った賢者たち

済州島（チェジュド）の若い良心たちに会う

私の故郷、済州島は歴史に輝く四・三抗争の聖地だ。

一九九三年、私が出所して四ヶ月ほど過ぎた七月のある日、釜山へ向かうためターミナルで船の出航時間を待っているあいだ、同郷人が営むある喫茶店に座っていた。その喫茶店に息子から電話がかかってきた。内容はといえば、まったく知らない五人の青年が私を訪ねて来たということだった。私は、会いたければ喫茶店に来いと伝えろと言うと電話を切った。時間は午後一時頃だったろうか。船の出航は午後七時半だったから時間の余裕は十分にあった。

それから一時間後、喫茶店に私を訪ねてきた青年はチン・ヒジョン氏と連れの幾人かであった。チン君の話はこうだった。

カトリック教会のナム・スンテク神父が捏造スパイ事件で服役中の李長桁（イジャンヒョン）さんの面会に行き、そこであなたのお名前を知った。李長桁さんは済州島の出身で、冤罪と思われるが、無期刑を受けた。済州道の牛島の人である高性華（コソンファ）という人が非転向長期囚で服役していたが、一九九三年三月六日、七〇歳以上の高齢者のため刑期、服役年数に関係なく刑執行停止で釈放されたが、現在は故郷に戻り、そこで暮らしている。

チン君はこのようなナム神父の話を聞いて訪ねてきたと話し、挨拶が遅くなって申し訳ないと言った。

私は彼の話を聞いて、本当にありがたく、また嬉しかった。実のところ、これから先故郷の済州でどんな生き方ができるのか悩んでいたところだった。そこで機会とばかり現在の済州島での運動情況を聞くことにした。

私たちはゆっくり話をしようと席を移した。一行はチン君を含め五人だった。皆が何かを期待しているような目をしていたので、私に話してみる勇気と希望が生まれた。

懲役暮らしをすることになった理由から話しはじめ、解放後は祖国統一戦線で活動したことなど、話は三時間あまりに及んだ。彼らは私の話を真摯に傾聴してくれ、また彼らのその姿勢に感心した。ありがたかった。その席で、済州島には「民主主義民族統一済州連合」という団体が組織されているということも知った。私は思った。正義と真理はどんなに踏みにじられようともタンポポのごとく強靭な生命力を持って再び芽を吹くのだと。

後日知った話では、チン君は貧しい家庭の長男として生まれたが、なんとか一九八〇年の春、全南（チョンナム）大学社会学科に入学した。しかし時を経ずして五・一八光州民衆抗争が起こると、それに加担したことが発覚、大学を除籍されてしまう。しかたなく帰郷し、済州市で社会科学書籍を扱う書店を経営しながら、学生たちに光州五・一八の正当性とその悲劇性を訴えようと、自主と民族統一の第一線で粘り強い活動を続けているということだった。

その日、私は五人の人から見送られ、乗船してからも深い感慨にひたっていた。済州島はもう私が考えていたような孤独な済州島ではなかったのだ。私自身、これからどう生きて行かなければならないのかを考えると夜通し眠れなかった。これから私が地に足を着け、しっかりと生きていく場所は私の故郷、済州島であり、済州島は四・三の聖地なのだ。彼らとの出会いは私を奮い立たせずにはおかなかった。

民主主義民族統一済州連合の歓迎式

一九九三年一二月二三日、民主主義民族統一済州連合で活動しいているヒョン・ヘスク嬢（現在は二児の母）から、非転向長期服役者に対し歓迎集会を執り行うという通知を受け取った。

それに加え、私のような非転向長期囚のなかで、もう一人の参加をお願いできないだろうかという要請があった。

私は釜山に住んでいるキム・ウテキさんに同行してもらうことにして、キムさんを迎えに二一日に釜山へ向かった。その日のうちに帰郷するつもりで、夕方には済州島行きの船に乗る予定だったのだが、いざ船着き場に行ってみると、その日に限って船が出ないという。暴風注意報が発令したためらしかった。

仕方がないので飛行機で行くことにし、金海（キメ）空港へ向かい飛行機に乗り込んだ。済州にはすぐに着いたのだが、空港の出口を出ようとしたところで、刑事たちが陣を張って私たちを待ち構えているではないか。こういう事態を予想していたこともあって、あらかじめヒョン・ヘスク嬢に何時に到着すると連絡を入れておいたのだった。そのおかげで我々は何とか無事にヘスク嬢が待機させておいた車に乗り込み、済州空港を抜け出すことができた。この時期には警察も昔のように我々に簡単には手を出せなかった。ましてや済州島の民主団体から出迎えの人まででよこしていたのだから。

その日、我々は島の西側に位置する慕瑟浦（モスルポ）地域を回ってみた。慕瑟浦地域には日帝時代の遺構や四・三の遺跡などがいたるところにある。松岳山（ソンアクサン）まで行くことにし、翰林（ハンリム）公園、四・三の犠牲者たちが埋められている百組一孫之址（ペクチョイルソンジジ）、日帝時代の大村飛行場跡の飛行機格納庫、秋史（チュサ）・

金正喜先生の流刑地跡、イ・ジェス抗争記念碑を見て松岳山まで足を伸ばし、記念写真を撮った。続いて山房山をざっと巡り宿所に向かった。

二三日午後六時、歓迎式が開かれた。冒頭、キム・ウテキさんがマイクの前に立った。

「私は四〇年の歳月を監獄の中で無為徒食に過ごしてきた。しかし統一のためにはと、ただその使命感だけで生を維持してきた。私のこのような祖国統一のための仕事が罪になるとは理解ができない。統一だけが唯一無二、成し遂げねばならない事業だと今も思っている。生をまっとうするその日まで、命を賭して統一戦線にこの身を捧げる」

次は私の番だった。私の出生地と済州であった三・一節二八周年記念式典で警察が発砲した事件について話した後、

「この日の警察の発砲で六名が死亡し、五名が重症を負った事件をきっかけに西北青年団が来島し、罪のない島民を無差別に検挙し拷問するにいたって、私は済州島にいられなくなりました。それで釜山に移りました。釜山の統一戦線で活動中の一九四九年六月二九日、検挙され二年間服役しました。その後、私は日本に渡りました。日本では新しい任務を受け、彼の地で統一戦線に参加しました。そんな私でしたが、再び検挙されると、今度は無期刑を宣告されました。服役が始まったのが一九七三年三月一六日でした。二〇年後の一九九三年三月六日、刑執行停止で仮釈放されました。現在の私は保安観察法という法に縛られたままでいます」

私は言葉を結んだ。

私たち二人の話が終わると、和気あいあいの雰囲気のなか歓迎式がはじまった。我々二人が一つの組織から歓迎の招待を受けたのは、これが初めてだった。私はこの歓迎会が縁で民主主義民族統一連合の事務所に足しげく通うことになった。

世界最長期囚の釈放

一九九五年八月一五日、日帝からの解放を記念して、世界の政治犯史上、最も長く服役していた三人の同志が釈放された。同志の名前は次の通りだ。

金善明(キムソンミョン)　服役期間　四四年一〇月
アン・ハクソプ　服役期間　四四年
ハン・ジャンホ　服役期間　四二年

この三名の同志たちはみな独身だった。

キム・ソンミョン同志とハン・ジャンホ同志は二〇〇〇年九月二日、北に帰った〔訳注：韓国政府が非転向長期囚のうち希望者を釈放後に北へ送還した〕後、結婚したことが伝えられたし、アン・ハクソプ同志は現在ソウルの奉天洞でイ・ヘギョン女史と家庭をかまえ、暮らしている。

彼らの出所の消息を伝え聞いた私は、釜山のキム・ウテクさんと全南大学まで出向き、彼らの釈放を記念する式典に参席した。本当に感慨深かった。

金善明同志は私とは格別の縁があった。一九八三年四月一八日、私が仮死状態に陥ったとき、刑務所内ではなく、外部の病院で診察させるよう先頭に立って闘い、何とか私が蘇生するようにと頑張ってくれた人が他でもない、この金善明同志だった。

全南大学での集いでは主に、これから先の身の処し方や生活問題が話し合われた。同席していたキム・ヨンスン同志が汎民連〔訳注：祖国統一汎民族連合〕の今後の方針を語った。私は、「我々はこれから社会生活を送るにあたり、模範的な生活と先駆者的な態度で社会に影響を与えていかなければなりません。また一般の人たちがアカに対する偏見と誤解が解けるようにしていくことも大切です。そうしてこそ、今まで政府が宣伝してきたアカに対する間違った認識を払拭していけるでしょう」

と力説し、言葉を結んだ。

その日全南大学の行事に参加し、我々は盛大な昼食のもてなしを受けた。

帰郷の途について

刑執行停止で出所した私は故郷である牛島で暮らすことにした。それに私の息子が住んでいる場所でもあった。牛島は一九四五年八月一五日から一九四七年四月一五日まで、分断された祖国の統一のため私が活動していたところだ。その牛島に年数でいうと四六年ぶりに戻ってきたことになる。

四六年ぶりに戻って来た私の故郷は、どことなく違和感があった。私が故郷で活動していた当時の、馴染みのあった顔ぶれはすでに他界していた。彼らの子孫たちがあいさつがてら訪ねては来てくれるのだが、他人行儀な感は否めなかった。検挙される以前、私にとって慶尚南道(キョンサンナムド)の鎮海(チネ)が第三の故郷であったのだが、そこにあった家は私の検挙と共に跡形もなく消えてしまった。それで、鎮海はもう私の戻る場所ではなかった。

私が釈放されたという通報を受けて済州警察署保安課では、牛島の派出所を通じ私の生活に干渉し始めるようになった。それに対しては、私は断固とした態度をとった。

「私は思想転向書も準備書面も書かず釈放された。だから警察がいうところの保安観察法の対象者としては、私は当てはまらないと判断できるだろう。私がこの法律を遵守しないがためにこの法の違反者だというなら、いつでも拘束令状を持って来て再度収監すればいい」

私が毅然とした態度で臨むと警察も尻尾を巻いた。私を監視し、私生活に干渉してきた警察も、しまいには、

「我々は上層部からの指示で動くのです。それなのに職務を遂行しないというのであれば、我々の立場は一体どうなりますか？　本当に困ったことになりました」

とむしろ自分たちの苦境を訴えるようになった。それで警察側からの、済州道内では何をしてもかまわないから、他地方へ出かけるときだけは、どこへ何日間行って来るというふうに、電話で結構だから連絡してもらえないかという申し出を飲むことにした。

たとえこの地が私にとっての故郷だとはいえ、なかなか親しみがわかなかった。出会う人たちは、長い間苦労したというふうに言葉をかけてくれはしたが、どこかよそよそしく感じられた。また一方で警察は息子に、父親が転向していないから息子自身が連座制に触れる恐れがあるし、決して将来を保障できないといい、父子間に溝を作ろうと画策した。息子は私のせいで警察に連れて行かれ、拷問されたりもした。そのため息子は、警察と聞いただけでも虫唾が走る思いをしていたようが、連座制という言葉には少なからずおびえてもいる様子だった。実際のところ、警察がいう連座制というのは一九九一年にはすでに廃止されていたのだが、息子はその事実を知らないようだった。警察の脅迫やそそのかしになびき、私に転向をほのめかしたりもした。すでに廃止された悪法を引っぱり出してきて息子を脅迫する警察や、その脅迫に負

けて親に転向を要求する息子を見ていると、その悪法がすでに廃止されたものであることを話す気にもなれなかった。

居を移す

私が牛島の家を出ることにしたのは活動するためだった。このことを済州連合で活動しているパク・ヨンベ君に知らせた。そしてパク君を中心とした若い人たちの助力を得ながら、一九九七年一二月二三日、一時的に涯月邑(エウォルウプ)長田里(チャンジョルリ)へ引っ越した。

私を支援してくれたパク・ヨンベ君の生活も経済的には決して楽なものとはいえなかったが、彼は苦しい素振りさえも見せなかった。そして今日まで私の百年の友として付き合ってくれている。私の暮らしぶりが周囲に伝わるにつれ、私にも活動の機会が訪れた。済州大学の学生たちとの集い、私自身の個人的経歴に絡んだ仕事、またヨンベ君を介した人々からの経済的支援など、多くの人々からの少なからぬ支援を受けることができた。
そうした人々のおかげで私は現在も堅実な生活を送ることができている。

私が祖国のために何をしたのかと問われたら、こう答えたい。

二〇年の歳月を自身の志操をかたく貫き通したことだけだと。心から恥じ入るばかりだ。ただ、私は休むことなく一貫して同じ立場をとり続けてきたつもりだ。小川が集り大河を成すように、統一事業に対し目には見えずとも献身的に身を捧げてきた活動家たちがいたからこそ、二〇〇〇年の六・一五南北共同宣言を結実させたと信じる。六・一五南北共同宣言は、統一戦線で闘って来たすべての人々の力の結集が生み出したものだ。だれか一人の人間の力によるものでは決してない。

私は出獄後、済州島は四・三以降、恐怖政治と大量虐殺によって思想の不毛地帯に変わってしまったと思っていた。しかしその心配をよそに、四・三の後裔たちがいた。新しい時代の熱望と実践的活動を通して、新しい芽が育ちつつある。

一九九九年四月のある日、私は済州大学で全校生を前に私の個人史を話す機会があった。その席で、人間はいかに生きるべきか、真正な生(せい)とはどういうものかについて語った。済州大学の学生を中心に多くの学生と出会ったし、一部の学生は私の家まで訪ねてきて対話を重ねたこともしばしばだった。私は今とても愉快だ。この短いはずの生涯を、短くならないようにと共にいてくれる後輩がいる限り、私は決して孤独ではないだろう。

結びにかえて――二〇〇五年、六・一五を迎えて

この本は、ある偉人が人類に対して成しえた偉大な業績を書き記したものではない。また卓越した科学者の社会に関する研究成果を集大成したものでもない。ましてや読者の感動を誘う文学の名著の類いでもない。本稿は、桎梏(しっこく)多いこの地の歴史とその軌跡を共にした一人の人間の短い生(せい)の記録に過ぎない。

私自身が今日まで歩んできた道を、このように回想記の形式で整理してみてると、今さらながら恥じ入るしだいである。果たして私は民族の一成員として正しい生き方ができたのであろうかと自問してみるとき、少なからぬ過ちを犯した自分に気づかざるを得ない。穴があったら入りたい心境である。

分断と分裂に反対し、祖国と民族の統一のために愛国戦線に身を投じた多くの同志たちが、その念願と使命を成就することなく散っていった。愛国戦線の隊列のなか、私もまた捕虜にな

り二〇余年にわたり、監獄で辱めと弾圧の下、暮らさなければならなかった。その過程において、私の罪は他でもない、私自身に課された組織の任務を身を賭して遂行できなかったことだ。それを固守して居さえすれば役に服することはなかっただろう。今になってこの事を正直に告白し、厳しく自己批判しよう。祖国の自主的統一のために多方面の戦線で闘い、倒れていった同志たちを思うとき、恐縮するばかりだ。

祖国の自主的統一、独立を勝ち取るための正義の闘争のなかで、「投降」とは、自身が持つ信念に対し厳密には「変節」することを意味する。それが意識的であれ、無意識のうちであれ、投降は厳格な意味で変節であり、過ちである。しっかりした足場で闘争できなかったことは私の過ちであり、そこには弁明の余地がない。それが原因で私は二〇年という長久な時間を無為徒食のうちに過ごすことになったのだ。しかしながら、このような試練は自己反省と自己批判の時間でもあったということを、この場を借りて伝えたいと思う。

朴正熙（パクチョンヒ）政権のころだった。一九七二年、七・四共同声明発表後、私は死刑から無期に減刑された。

朴正熙政権は監獄に囚われている統一戦士たちを〇・七五坪の独房に収容するだけでは足らず、「転向工作班」を組織し、徹底して肉体的・精神的苦痛を加え続けた。その上、一九七五年八月一五日以降には、いわゆる「社会安全法」を作り、すでに刑期を終えて出所した同志までも「非転向」を理由に再収監し、転向を強要した。このとき、刑務所内のゴロツキ連中を組織した「やくざ暴力集団」を動員した殺人的暴力で、少なくない同志たちが犠牲になった。また、命の犠牲をともなう暴力の前に転向を余儀なくされた同志たちもいた。

私もまた非人間的で不合理な工作に苦しめられはしたが、最後の生命である信念までは彼らに奪われまいとした。徹底した反共教育を受け、洗脳されたまま、わずかばかりの人間的な感情や道理さえも喪失した「転向工作班」を見るとき、人間が持ちえる最小限の理性さえもない「アフリカ原野」の弱肉強食を連想した。状況が劣悪になるほど、たとえ生命の危険があるとしても、今こそ自身の思想と理念、そして信念を決して二度と疑うまいと心に決めるときだと決心し、歯を食いしばり実践した。そのおかげで私は暴圧という困難を克服できたのだった。

私は今日まで統一戦士として生きてきた。現在はたとえ戦線の一線から離れた存在ではあっても、革命家には革命を遂行する任務がある。それは地球が休むことなく太陽の周りを回り続けるのに似ている。収監生活を送るうちに私は、今こそ自分の体内に残っている「ブルジョア的なもの」を清算する機会だと考えた。この道だけが私が進むべき最善の道だと思った。人は自分の行くべき道を見失ったとき、もっとも不幸になるのだ。

私にとって二〇年の監獄暮らしは、祖国から与えられた任務を実践できなかった罪人として反省と批判の日々ではあったが、同時に個人的には、多岐にわたって成長できた時間でもあった。

齢、すでに九〇……。過去が通り過ぎていく。四・三の偉大な英霊たちが宿る済州の地に、私も眠ることにしよう。

生とは何かと聞かれたら
微笑みのうちに
こう答えよう
最期にふり返れば
懐かしい日々だったと

水脈があつまり大河をなすように
時があつまり生をなすのだ
たとえその生が短いものであっても
何の不満があろうか

生の営みとは時の移ろいではない

生とは何かと聞かれたら
こう答えよう
百代が過ぎようとも
忘れえぬ
祖国に捧げた日々だったと

青く清らかな朝
静かに消える露のように
人知れず生を終えたとしても
母なる祖国はとどめるであろう
汝(なんじ)の名とその来た道を

ある詩人の言葉より

訳者あとがき

本書は韓国で二〇〇五年七月に株式会社창미디어（窓メディア）から出版された、国家保安法違反容疑で無期刑の宣告を受け、二〇年にも及ぶ獄中生活を耐えながら一九九三年三月六日に非転向のまま釈放された高性華先生の回想記「통일의 한 길에서」を翻訳したものである。

一九二〇年代以降の日本帝国主義支配下の朝鮮における民衆運動、とりわけ共産主義思想に立脚した祖国解放運動、その後の韓国における独裁政権下で、外勢により引き裂かれた分断国家の統一実現のために苦闘した活動家の回想記であり、韓国現代史のなかで権力に抗いながらも暗澹たる歴史の闇に飲み込まれていった人々の思いを代弁したものでもある。

「よく御存知でしょうが、日帝統治下で祖国の光復〔訳注：日帝植民地からの解放〕のために命を捧げて戦った人たちはだれだったでしょうか？　共産主義者たちだったということです。いかなる者であっても、このことは否定できない歴史的事実じゃありませんか？」と著者が本書で語っているように、社会主義者たちの存在を抜きにして日帝統治下における独立闘争を語ることはできないだろう。

本書にも記述が見られる三・一独立運動などは周知のところであるが、朝中国境にまたがる長白山脈をはさんで、現在の中国吉林省を本拠地としながら朝鮮半島北部に展開し、日本軍の圧倒的な武力にゲリラ戦術を駆使して日本軍を苦しめた朝鮮独立軍など、その多くは社会主義思想を精神的支柱にしていた。

日帝植民地下の朝鮮で独立闘争に参加した李孝貞（イヒョジョン）氏も、「今はわかりませんけどね。日帝時代には社会主義が民族の将来を開く一つのかがり火だったのです。民族解放の道を切り開いてね。またそのために最後まで戦いましたからね。日帝時代の初めは民族主義者たちが多くの活動をしたことは否定できません。でも、二〇年代以後にはね、社会主義者が本当に多くの活動をしたのです。私はね、今でも青春を社会主義運動にささげたことを後悔しません」（『京城トロイカ』安載成（アンジェソン）著・同時代社）と述べている。

一九四五年八月一五日の祖国解放により朝鮮人たちは日帝の収奪で疲弊した国家の再建に新たな希望と光を見出した。しかしその後の米ソ対立から生まれた朝鮮半島の分断という現実に、祖国解放のために身を捧げた人々は、またもや試練に直面することになる。それは「祖国を統一する」ことだった。

著者は、「わが国では五千年の悠久な歴史を持った国土が、今、外勢によって三八度線を中心に分断されています。よって私たち民族には、階級の打破に先立ち、国土統一という優先されなければならない任務を双肩に背負っているのです。まず先に統一の問題が解決されなければ、私たちは三六年の日帝植民地の苦痛よりもっと深刻な鎖の下で苦しみあえぐことになります。そのため今、私たち民族はすべての力を統一戦線に集約し、立ち上がらなければなりません」と語っている。

「解放」後の南北分断という冷戦体制のもと「反共を国是とする」韓国では、日帝時代に民族主義陣営の側で抗日闘争に参加した人々が過大ともいえる評価を受けている。人間の「良心」を管理するともいえる「国家保安法」が現存する韓国社会で、朝鮮人社会主義者たちの活動が正当な評価を受ける機会が少ないなか出版された本書は、自己の信念と誠実に向き合い、民族解放と祖国統一のために献身的に生き抜いた一人の活動家の壮絶な闘いの記録として、きわめて貴重である。

民主化実践家族運動協議会良心囚後援会長の権五憲（クォンオホン）氏は韓国での出版にあたって本書に寄せた推薦文のなかで、「高性華（コソンファ）先生は植民地時代、外勢と分断時代の民族の矛盾に真っ向から立ち向かい、険しく荒々しい人生を生き抜いてこられた。この回想記を通して、先生の「生」が歴史的、社会的条件によって規定されていること、世界の中で自己の位置を正しく認識し、創意的で目的意識的意志で信念を貫き生きてこられたことなどをうかがい見ることができる。たとえ世界観と価値観が違ったとしても、自身が選択した信念にしたがい、熾烈なまでの生涯を送ってこられたという点で、この記録はどんな「生」を生きればいいのかと悩んでいる若い活動家たちの標となるに違いない。また、この回想記はまさにわが現代社会の断面であり、民族運動の重要な資料的価値があるといえるだろう」と述べている。

一九一六年、済州島の隣に位置する小さな島、牛島で生まれた著者は早くに父親と死別し、祖母のもとで幼少時代を過ごした。当時、朝鮮半島の大部分の人々が受け入れざるをえなかった植民地支配下の悲惨な日々を送りながら、抗日愛国の諸先生、あるいは社会進歩に目を向ける先覚者たちからの直接的・間接的な影響を受ける。「世の中には二つの階層があり、人々はそのどちらかに属しているが、それは何か?」という先生の問いかけに「はい、金持ちと貧乏人です」と答えるなど、普通学校（中学校）を卒業するころには民族解放と社会進歩思想に目覚め、相当な水準の意識化された少年へと成長する。

向学心が強く、渡日すると大阪の浪華商業高校（現・浪商高校）に入学、在学中キム・ミョンシク先生から「真の生の知恵」を習い、三年生という若さで「反帝同盟」の組織員として社会運動にたずさわる。この頃には「真理は実戦を通じ得られるものであり、共感などの類から得られるものではない」という信念を持つようになり、次兄のすすめで「弁証法読論」「共産主義ＡＢＣ」「唯物論」などの社会科学書籍を耽読、実践のための思想・理論体系を身につける。

しかし治安維持法が猛威を振るう日本国内で警察から追われる身となり、卒業を断念、五年生を最後に帰国する。

本国へ戻り牛島で二年間の教員生活を経て朝鮮半島北東部の一大港町である清津で自動車会社の経理職員として働くも、日本の敗戦と祖国光復（日帝植民地からの解放）を契機に本格的な社会運動に身を投じる。

一九四五年、故郷である牛島に戻ると一〇月には朝鮮労働党に入党、牛島責任秘書として活動するも、アメリカ軍政の人民虐殺や西北青年団の襲撃などを受け釜山に逃れることになるが、釜山では南朝鮮労働党釜山市党四市区党の組織幹部として活動を継続。

著者は解放直後の釜山や当時の社会状況もありありと伝えている。また幾度もの検挙危機に遭遇するも、冷静な判断と行動力で難をきり抜けていくその緊迫感は、体験したものでなければ伝えられないであろう。

釜山で活動中の一九四九年、国家保安法違反などの容疑で検挙され釜山刑務所で服役。服役中の生活や他の囚人、看守とのやり取りなどのエピソードもまた一読に値する。

二年間の服役生活を終え出所するも、故郷である済州島では〝逃避者〟として、釜山では〝前科者〟というレッテルを張られ、正常な社会生活が送れないと見るや、一九五三年、活動場所を日本に移すべく渡日。一九五九年に母親が他界すると故郷牛島に戻るなど、韓国と日本を往来したりもする。

一九七三年、国家保安法違反容疑で無期刑を宣告され、二度目の獄苦を強いられる。著者の口から語られる収監者に対する刑務内での処遇、特に非転向収容者に対しての教務課や「転向工作班」の悪辣な所業など、一般社会からは想像すらできない異様な空間に読者は鳥肌の立つ思いをすることだろう。

私が初めて高性華先生にお会いしたのは今から二五年ほど前である。先生が一九九三年三月に出所されたあと、一九九四年頃に関西のある団体が先生をお招きして大阪で講演会を主催したことがあった。その席上、先生と話をさせていただく機会に恵まれた。何を話したのかは今ではよく覚えていないのだが、物腰は穏やかで丁寧な反面、背が高く骨太でがっしりしたその体格からは、意志の強さ、筋金入りの活動家、実践者としての迫力が漂っていた。韓国に戻られたあと、丁寧なお手紙をいただいた。

この回想記を翻訳させていただくにあたり、御自宅を訪ねた。先生は当時も牛島に住んでおられ、九〇歳を過ぎた高齢にもかかわらず御達者で、幼少の頃に通ったという小学校跡などを案内してくださった。初めてお会いしたときにも思ったのだが、鷹のように鋭く爛々(らんらん)としている目が印象的だった。

翻訳に関しては、訳者の疑問点などについて著者に確認を取るとともに、地名・人名などの固有名詞は植民地時代のものも含め原文通りに表記し、読者の理解の一助になるよう訳注をあわせて記載した。また、分量の関係から原著の一部を割愛せざるを得なかった。

自身の故郷が済州島であるという縁で訳者にこの本を紹介し、また翻訳を持ちかけてくださった李美於(リーミオ)さんをはじめ、この本を出版するにあたり尽力してくださったジャーナリストの川瀬俊治さん、また昨今の厳しい出版事情にもかかわらず、ある意味マニアックともいえる本書の出版をこころよく引き受けてくださった同時代社社長の川上隆さんに感謝申し上げる次第である。

最後に、ご存命中に日本語版の出版にこぎつけられなかったことを高性華先生にお詫びするとともに、先生のご冥福をこころよりお祈り申し上げる。

著者略歴

高性華（コ・ソンファ）

1916年 8 月 20 日	済州道牛島出生
1934年 8 月 10 日	日本 浪華商業高校（現・浪商高校）5年中退
1935年 3 月 1 日	牛島 市立普通学校（中学校）教員
1937年 5 月 1 日	咸北自動車株式会社 入社 経理職
1944年 7 月 20 日	同社、退社
10 月 1 日	朝鮮米穀倉庫株式会社入社
1945年 8 月 15 日	同社、退社
10 月	帰郷、朝鮮共産党 牛島責任秘書兼面（町）常任委員
1947年 4 月 15 日	3・1節28周年記念日、米軍政 人民虐殺による弾圧から逃れるため釜山に脱出
4 月 16 日	釜山市党4地区党 オルグ（組織指導員）として活動
10 月 4 日	4地区党幹部として活動
1948年 3 月 4 日	4地区党責任秘書
7 月	釜山市党1地区党責任秘書
12 月	釜山市党責任秘書
1949年 6 月 25 日	検挙され2年刑宣告
1951年 4 月 10 日	釜山刑務所から出所
1955年 4 月	渡日、活動拠点を日本へ
1959年	在日同胞の北朝鮮への帰還事業を見届け、渡韓
1968年 10 月	党から召喚される
1973年 3 月 16 日	二回目の検挙
1993年 3 月 6 日	刑執行停止により出所
2013年 7 月 17 日	17時01分　永眠　享年97

訳者略歴
李宗樹（リー・ジョンス）

1958年　京都府出生
1982年　韓国高麗大学国文科在学中に国家保安法違反容疑で連行
1983年　10年刑を宣告
1988年　特別仮釈放により韓国全州刑務所から出所、5年8ヶ月収監
1996年　渡米、アイオワ州 コーネルカレッジ編入学、民族学を専攻
1997年　同校 卒業
2010年　韓国での再審裁判を通じ無罪判決を受け、確定

現在京都市内で「韓国語教室 キャロット」を主宰
共訳書：『民俗文化と民衆』（沈雨晟著 / 梁民基編 行路社）

統一への道にたたずんで——ある朝鮮人社会主義者の回想

2019年7月30日　初版第1刷発行

著　者　高性華
訳　者　李宗樹
装　幀　クリエイティブ・コンセプト
発行者　川上　隆
発行所　同時代社
〒101-0065　東京都千代田区西神田2-7-6
電話　03(3261)3149　FAX　03(3261)3237
組　版　有限会社閏月社
印　刷　中央精版印刷株式会社

ISBN978-4-88683-859-9